레프 똘스또이 중편소설
# 홀스또메르

뿌쉬낀의
서 재
0 0 3

레프 똘스또이 중편소설

# 홀스또메르

레프 똘스또이 지음 | 한현희 옮김

## ■ 일러두기

■ 러시아어 고유명사의 표기에 있어 표준 러시아어의 원 발음에 최대한 가깝게 표기하는 것을 원칙으로 하되, 한국어 어문 규정의 외래어 표기법과 원 단어의 철자를 유추할 수 있는 표기법을 절충하여 적는다. 기본적인 규칙은 다음과 같다.

1) 원 발음에 충실하여 경음의 사용을 원칙으로 한다.
   **예** : Москва(Moskva) 모스끄바

2) 모음의 경우 강세에 따른 발음 변화는 표기하지 않는다.
   **예** : Москва(Moskva) 모스끄바 (원 발음은 '마스끄바')

3) 표준국어대사전에 등재되어 관용적으로 사용되는 지명 및 인명 가운데 일부는 등재된 표기에 준한다.
   **예** : Крым(Krym) 크림반도 (원어: '끄림'), Сибирь(Sibir') 시베리아 (원어: '씨비리')

4) 구개음화가 일어나는 경우 원 발음에 준한다.
   **예** : Петербург(Peterburg) 뻬쩨르부르그, Володя(Volodja) 볼로쟈

5) 연음화가 일어나지 않는 고유명사 및 외래어는 원 발음에 준한다.
   **예** : Пастернак(Pasternak) 빠스쩨르낙(시인의 이름), интернет(internet) 인떼르네뜨

6) 모음 ы는 국어의 '의'와는 달리 항상 자음 뒤에 사용되어 대부분의 경우 국어에서 쓰지 않는 표기 조합을 만들어내므로 모두 '으이'로 풀어 쓴다.
   **예** : Солженицын(Solzhenitsyn) 솔제니쯔인(작가의 이름, 원 발음은 '솔줴니쯘')

알파벳별 구체적인 표기법은 출판사 홈페이지(www.pushkinhouse.co.kr)를 참조하세요.

# 차례

홀스또메르 · 07
Холстомер

레프 똘스또이: 정치세계의
«낯설게하기» 원칙 · 95
Л.Н.Толстой: принцип «Остранения»
в политике
　　　　　　　　－보리스 프로꾸진

홀스또메르 창작사 · 115
История создания «Холстомера»

지은이 소개 · 120

옮긴이 소개 · 122

레프 똘스또이 연보 · 123

# 홀스또메르
Холстомер

## 1

 하늘이 높이, 더 높이 멀어지면서 새벽노을이 하늘을 옅게 물들였다. 은빛 이슬이 자욱하게 피어오르기 시작했고 초승달은 생기를 잃었으며 고요했던 숲은 낭랑한 울림으로 바뀌고 있었다. 사람들이 하나둘씩 깨어나기 시작했고 어느 한 귀족 지주의 마구간에서도 투레질 소리, 짚더미를 밟으며 부산스레 움직이는 소리가 더 잦아지더니 서로 몰려들어 말다툼이라도 벌이는 양 한껏 성이 나 새되게 울부짖는 소리마저 들리기 시작했다.

 "그만! 간다, 가! 배고파서 난리군!"

 늙은 말치기 일꾼이 삐걱거리는 문을 열면서 말했다.

 "이 녀석, 어딜 가려고?"

 문 쪽으로 몸을 들이밀며 빠져나가려는 암말을 향해 내려치

려는 듯 손을 치켜들며 버럭 소리를 질렀다.

말치기 네스떼르는 까자낀[01]에 장식이 달린 허리띠를 두른 차림이었고, 어깨에는 채찍을, 허리춤에는 손수건으로 싼 빵을 매달고 있었다. 두 손은 안장과 굴레를 쥐고 있었다.

말들은 네스떼르의 야유를 퍼붓는 말투에도 겁먹거나 기분 나쁜 기색 없이, 아무래도 상관없다는 듯 여유를 부리며 문에서 물러났다. 흑갈색의 갈기가 길게 늘어진 늙은 암말만이 놀라 귀를 뒤로 젖히며 황급히 등을 지고 돌아섰다. 그러자 그 뒤에 서 있던 젊은 암말은 몸이 닿지도 않았는데 별안간 째지는 소리를 내며 처음 얻어걸리는 말의 엉덩이를 걷어찼다.

"그만!"

네스떼르가 더 큰 목소리로 엄하게 호통친 후 마구간 구석으로 향했다.

마구간에 있는 100필 남짓한 말 중 가장 느긋한 말은 홀로 처마 밑 구석에 서서 실눈을 뜬 채 헛간의 참나무 버팀목을 핥고 있던 얼룩빼기 거세마였다. 대체 나무 기둥에서 어떤 맛을 찾아냈는지 알 수 없지만 핥는 동안 제법 진지하게, 상념에 잠긴 듯한 표정을 지었다.

"말썽을 부리겠다 이거지!"

네스떼르가 얼룩빼기 거세마에게 다가가 그 옆 거름더미 위

---

01 등에 주름이 있고 호크로 채워 입는 헐렁한 남자 윗도리

에 안장과 닮고 닳아 번들번들해진 언치를 얹어 놓으며 다시 호통치는 목소리로 말했다.

얼룩빼기 거세마는 핥는 동작을 멈추고는 미동도 하지 않은 채 네스떼르를 오랫동안 응시했다. 웃지도, 화내지도, 찌푸리지도 않고 그저 배를 움찔하고는 깊고 무거운 한숨을 크게 짓고 나서 고개를 가만히 돌렸다. 네스떼르는 그의 목덜미를 끌어안아 굴레를 씌웠다.

"왜 한숨을 쉬고 그래?"

네스떼르가 말했다.

거세마는 마치 '그냥, 별일 아니야, 네스떼르.' 라고 말하듯 꼬리를 흔들었다.

네스떼르가 등에 언치와 안장을 얹자 거세마는 못마땅하다는 표시로 귀를 뒤로 젖혔다. 그렇지만 네스떼르는 아랑곳하지 않고 되려 거세마에게 쓸모없는 폐물이라는 욕을 쏟아붓고는 복대를 더 잡아당길 뿐이었다. 그 바람에 거세마의 배가 불룩하게 팽팽해졌지만, 네스떼르가 입에 강제로 손가락을 집어넣고 무릎으로 배를 치는 통에 거세마는 억지로 숨을 토해 내야만 했다. 이런 상황에서도 뱃대끈을 이빨로 꾹 졸라맬 때 거세마는 다시 한 번 귀를 젖혔고, 이번에는 원망하는 눈길로 주변을 둘러보기까지 했다. 소용이 없는 줄 알면서도 거세마는 자기에게 이렇게 하는 것이 불쾌하다는 의사를 표현할 필요가 있으며, 앞으로도 그래야겠다고 생각했다. 안장이 제대로 얹히자 거세마는 부어오른 오른쪽 다리를 앞으로 내밀고, 아무 맛이 없다는 걸 알 만도 한데 특별한 생각이라도 있는 것마냥 고집스럽게 재갈을 씹어대기 시작했다. 네스떼르는 짧게 늘어진 등자[02]를 딛고 거세마에 올라타 감겨있던 채찍을 풀고는 무릎 밑 까자낀의 아랫자락을 들어 올려 밖으로 제쳤다. 그리고는 마부나 사냥꾼, 말치기 특유의 기마 자세를 취하며 제대로 안장에 안착해 고삐를 잡아당겼다. 거세마는 명령하는 곳이라면 어디든 갈 준비가 되었다는 표시로 고개를 들어 보였으나, 정작 제자리에서 꼼짝도 하지 않았다. 대개 안장에 앉아서도 이런저런 소리를 실컷 지르고 말치기꾼인 바스까와 말들에게 명령을 내린 다음에야 출발한다는 것을 이미 알고 있기 때문이다. 아니나 다를까 네스떼르가 소리치기 시작했다.

"바스까! 이봐, 바스까! 어미 말은 내보낸 거 맞아? 제기랄, 대체 어디로 가는 거야? 안돼! 아직 꿈속을 헤매고 있구만. 어서 문을 열어. 어미 말들이 먼저 지나가도록 하란 말이야."

이외에도 잔소리는 계속되었다.

문이 삐걱거리며 열렸고, 잠이 덜 깬 바스까가 성이 난 채

---

02 말을 타고 앉아 두 발로 디디게 되어 있는 물건. 안장에 달아 말의 양쪽 옆구리로 늘어뜨린다.

말고삐를 잡고 문기둥에 서서 말들을 내보내기 시작했다. 말들은 하나둘씩 조심스레 짚을 밟고 냄새까지 맡아가며 지나갔다. 젊은 암말, 한 살배기와 젖먹이 말들이 지나갔고, 새끼를 밴 몸이 무거운 말들도 차례차례, 배를 쳐들고 신중하게 문을 통과했다. 이따금 젊은 암말들은 서로의 등에 머리를 걸치고는 두세 마리씩 밀치락달치락거렸고, 먼저 지나가겠다고 설쳐대다 번번이 말치기의 욕을 먹었다. 젖먹이 말들은 남의 어미 발밑에 주저앉아 있다가 제 어미의 울음소리에 반응하며 쩌렁쩌렁 울어대곤 했다.

장난꾸러기 암말 하나는 문에서 빠져나오자마자 한쪽 아래로 비스듬히 고개를 숙인 채 뒷발을 높이 치켜들고는 느닷없이 째지는 울음소리를 냈다. 그래도 감히 회색 바탕에 메밀이 덕지덕지 붙어있는 늙은 암말 줄디바를 앞질러 나가는 치기를 부리지는 않았다. 줄디바는 여느 때처럼 말들의 선봉에 서서 조용히 배를 좌우로 흔들어대며 느릿느릿한 걸음으로 점잖게 걸어갔다.

말들로 가득 차 활기가 넘쳤던 마구간이 순식간에 비어버리자 처량함이 엄습했다. 텅 빈 처마 아래 기둥이 서글피 뻗어 있고, 거름이 뿌려진 시들시들한 지푸라기만 덩그러니 보였다. 제아무리 비어 있는 풍경이 익숙한 거세마일지라도 이내 울적한 기분이 들었다. 얼룩빼기 거세마는 마치 절을 하는 것처럼 천천히 고개를 아래로 떨궜다 다시 들고는 복대 끈이 허락하는 한 깊은숨을 크게 내쉬었다. 그리고는 뼈만 남은 앙상한 등에 늙은 네스떼르를 태운 채 구부정하게 휜 지친 다리를 절뚝거리며 허둥지둥 무리를 따라나섰다.

'이제 길에 들어서면 네스떼르가 쇠사슬 장식의 구리 테를 두른 나무 담뱃대에 부싯돌로 불을 붙여 담배를 태우겠지.'

거세마는 생각했다.

'내게는 즐거운 순간이다. 이슬이 맺혀있는 이른 아침에 담배 냄새를 맡으면 흡족해져서 기분 좋은 많은 일이 머릿속에 떠오른다. 다만 이 영감이 담뱃대를 입에 물기만 하면 공상에 빠져 옆으로, 그것도 항상 한 쪽으로만 기울이고 앉아 허세를 부리는 게 고역이라면 고역이랄까. 늘 그쪽이 아프니 말이다. 그렇지만 하는 수 없지. 인간의 만족을 위해 나의 고통을 감수하는 일이 하루이틀도 아니니. 심지어 고통을 느낄 때 말(馬)로서 어떤 보람을 찾는 경지에 다다르기 시작했으니까 말이다. 그러니 이 늙은이가 마음대로 하게 내버려 두자. 불쌍한지고. 저 인간도 보는 눈 없이 혼자 있을 때나 저리 허세를 부려보는 거 아니겠는가. 그러니 옆으로 앉든 말든 내버려 두자.'

거세마는 그렇게 생각하고 휘어진 다리를 조심스럽게 내디디며 길 한복판으로 나갔다.

## 2

 네스떼르는 말들을 방목해야 할 목초지 근처 강가로 말 떼를 몬 후 거세마에서 내려 안장을 풀어 벗겼다. 그사이 말들은 이미 초원을 굽이굽이 감도는 강가와 풀밭에서 피어오르는 이슬과 수증기가 맺혀 있는, 아직 발길도 닿지 않는 풀밭 여기저기로 어슬렁어슬렁 흩어지기 시작했다.

 말굴레[03]를 벗긴 후 네스떼르는 거세마의 목덜미를 긁어 주었고, 이에 거세마는 고마움과 만족감의 표시로 눈을 감았다.

 "좋아하는군. 이 늙다리 말 같으니!"

 네스떼르가 말했다.

 천만에. 거세마는 이렇게 긁어주는 걸 전혀 좋아하지 않는다. 배려 차원에서 마음에 드는 척하며 네스떼르의 말에 동의

---

03 기수가 말의 진행 방향을 조종할 수 있도록 한 마구

한다는 듯이 고개를 이리저리 흔들어 보였을 뿐이다. 그러나 네스떼르는 이렇게 허물없이 대해 주다가는 거세마가 제 주제를 잘못 파악할지 모른다는 생각이 들었던 모양인지 별안간 예고도, 까닭도 없이 거세마의 머리를 들입다 밀쳐내고 굴레를 번쩍 들어 휘두르더니 굴레 고리로 거세마의 앙상한 다리를 세차게 내리쳤다. 그리고는 아무 말 없이 태연하게 평소에 앉던 언덕배기 그루터기를 향해 갔다.

네스떼르의 이러한 행동에 거세마는 서글픈 마음이 들었지만 내색하지 않고, 털이 다 빠져버린 꼬리를 천천히 흔들면서 주위의 냄새를 맡거나 장난삼아 풀들을 뜯으며 강가로 갔다. 거세마 주변으로 젊은 암말들과 한 살 배기, 그리고 젖먹이 말들이 아침부터 신이 나 재간을 피워댔으나 거세마의 관심 밖이었다. 그저 그 연륜쯤 되면 공복 상태로 물을 충분히 마신 후에야 풀을 먹는 것이 좋다는 걸 알기에 경사가 지고 확트인 물가로 가서, 말굽과 다리를 물에 담근 채 콧잔등을 콕 박고는 부르튼 입술 사이로 물을 빨아들일 뿐이었다. 옆구리가 불룩해진 거세마는 포만감을 느끼자 꽁무니를 드러낸 채 다 젖은 얼룩무늬 꼬리를 흔들기 시작했다.

그때 항상 늙은 거세마를 못살게 굴며 소란스러운 일들을 벌이는 시비꾼인 밤색 암말 한 마리가 자기 볼일이 있는 양, 그러나 실상은 거세마 코에 물을 뿌려댈 요량으로 물가를 따라 거세마에게 다가왔다. 거세마는 이미 물을 충분히 마신 터라 이 시비꾼 밤색 말의 속셈을 눈치채지 못한 척 굴며 담갔던 발을 하나씩 태연한 모습으로 빼내고는 머리를 툭툭 털었다. 그리고는 어린 말들에게서 떨어진 곳으로 자리를 옮겨 본격적으로 풀을 뜯어 먹기 시작했다. 거세마는 다양한 자세로 다리를 내밀면서도 쓸데없이 풀을 망가뜨리지 않으며 거의 3시간 동안 쉼 없이 먹었다. 앙상하게 뼈만 툭 튀어나온 갈비에 자루 하나가 매달린 것처럼 배가 축 늘어지도록 실컷 먹은 거세마는 최대한 아프지 않게, 특히 네 다리 가운데 제일 약한 오른쪽 앞발에 무리가 가지 않도록, 불편한 네 다리를 모두 딛고 일어서서는 잠이 들었다.

세상에는 고상한 노년도, 추잡한 노년도, 그리고 가련한 노년도 있기 마련이다. 고상함과 추잡함이 공존하는 노년도 있다. 거세마의 노년이 바로 그러했다.

거세마는 키가 2아르쉰 3베르쇼크[04]가 넘을 정도로 몸집이 컸다. 털로 치자면 그는 검은 얼룩빼기였다. 그러나 그것도 옛말이지 지금은 검은 얼룩이 지저분한 갈색을 띠기 시작했다. 얼룩무늬는 세 군데 있었다. 첫 번째 얼룩은 외통눈의 머리 부분에 있었는데, 콧등에서 시작하여 이마를 지나 목을 반쯤 덮었다. 가시털 풀로 뒤엉킨 긴 갈기에는 흰색과 황갈색 털이

---

04 러시아 길이의 단위로 1아르쉰은 71.12cm이고, 1베르쇼크는 4.445cm

부분적으로 퍼져 있었다. 두 번째 얼룩은 오른쪽 옆구리를 따라가며 배를 반쯤 덮고 있다. 엉덩짝에 있는 세 번째 얼룩은 꼬리 윗부분과 넓적다리 절반을 차지했다. 꼬리의 나머지 부분은 희끄무레하면서도 얼룩덜룩했다. 눈은 움푹 패여 있었고 언젠가 찢어진 까만 입술은 축 늘어져 있었다. 피골이 상접할 정도로 뼈만 남은 커다란 머리는 앙상한 나뭇가지처럼 여위어 휘어진 목에 그저 묵직하게 숙인 모습으로 매달려 있었다. 입술이 늘어져 있는 바람에 입술 한쪽으로는 깨물어 상처가 난 거무스름한 혀가 보였고, 아랫니에 끼어있는 먹다 남은 누런 찌꺼기들도 보였다. 한 귀퉁이가 잘려 나간 귀는 옆으로 축 처져 있다가 이따금 들러붙는 파리들을 쫓을 때만 귀찮은 듯 실룩거렸다. 이마에 덮여 있던 무성한 갈기는 이미 다 빠지고 한 움큼만 남아 귀 뒤로 넘겨져 있었고, 훤히 드러난 이마는 깊게 파여 까칠했으며, 휑한 광대 쪽 거죽은 탄력을 잃은 채 자루를 매단 것처럼 늘어져 있었다. 목과 머리의 힘줄은 파리가 건드릴 때마다 바르르 떨면서 씰룩거려 불거졌다. 말의 굳은 표정은 인내하면서도 깊은 상념에 빠진 채 괴로움을 참는 것 같았다. 두 앞 다리는 무릎을 받친 채 활 모양으로 휘어 있었고, 양쪽 발굽에는 혹이 있었다. 얼룩덜룩한 반점이 있는 무릎 주변에도 주먹만 한 혹이 있었다. 뒷다리는 그나마 좀 나았지만, 넓적다리에는 오래전 마찰로 인해 생긴 흉터가 있었는데, 그 부위에는 털도 더 이상 나질 않았다. 몸뚱이가 수척하다 보니 다리가 몸집에 어울리지 않게 길어 보였다. 갈비는 툭 튀어나와 있었는데, 갈빗대 사이사이 움푹 파인 곳마다 거죽이 쭈글쭈글하게 들러붙어 있었다. 어깨와 등짝에는 오래된 채찍 자국이 얼룩져 있었고, 그 뒤로는 이제 막 생긴 듯한 부스럼이 부은 채 곪아 있었다. 등마루 뼈의 끝을 나타내는 검은 꽁무니는 매우 길었는데, 거의 벌거벗겨진 채로 삐죽 뻗쳐 있었다. 꼬리 부근의 갈색 엉덩이에는 물린 자국으로 보이는 손바닥만 한 상처가 흰 털로 덮인 채 있었으며, 앞쪽 어깨뼈에도 깊게 팬 또 다른 상흔이 보였다. 뒷다리 무릎과 꼬리는 만성 위장 장애로 인해 불결했다. 온몸에 나 있는 털은 짧기는 하지만 위로 곧게 나 있었다. 비록 지금은 추레하게 늙은 모습이지만 말에 정통한 사람이라면 거세마를 보자마자 단박에 명마(名馬)였을 것이라고 호언장담했으리라. 심지어 이렇게 널찍한 뼈대와 장대한 대퇴골에 두터운 발굽, 호리호리한 다리뼈와 우아한 목 자태, 특히 반듯한 두개골에 검고 빛나는 눈, 머리와 목 주변의 튼실한 힘줄, 얇은 거죽과 가느다란 털을 갖춘 말은 러시아에서 이 혈통밖에 없노라고까지 덧붙였을 것이다. 실제로 이 말은 외관에서부터 고귀함 같은 것이 묻어났다. 갈수록 얼룩덜룩해진 털로 인해 노쇠함이 드러나지만, 그 흔적을 몰아낸 자리에 특유의 동작과 자신감 있는 표정,

분별력 있는 힘과 아름다움의 차분한 분위기가 지독하게 어우러져 기품이 있었다.

   거세마는 한물간 퇴물처럼 이슬 맺힌 풀밭 한가운데 홀로 서 있었고, 그 주변으로는 말발굽 소리, 투레질 소리, 혈기왕성한 울음소리, 말 떼가 우르르 흩어지는 소리가 들려왔다.

3

 태양은 어느새 숲 위로 떠 올라 수풀과 굽이굽이 흐르는 강을 눈부시게 비추고 있었다. 이슬은 증발하였으나, 늪지대 주변과 풀잎에는 물방울이 맺혀 고여 있었고, 아침 끝자락의 안개는 연기처럼 피어오르다 이내 사라졌다. 작은 구름이 뭉게뭉게 펼쳐져 있으나, 아직 바람은 들지 않았다. 강 너머에는 돌돌 말려있던 호밀의 초록 이파리들이 삐죽삐죽 자란 턱수염처럼 꼿꼿하게 올라와 있었고 맑은 풀 내음과 꽃향기가 실려 왔다. 숲에서는 뻐꾸기가 뻐꾹 뻐꾹 울어댔다. 네스떼르는 편안히 누워 앞으로 남은 인생의 시간을 헤아렸다. 호밀밭과 초원 위로 종달새가 날아올랐다. 뒤늦게 나타난 토끼 한 마리가 말 떼와 마주치자 휑한 풀밭으로 달아나 그루터기에 웅크린 채 귀를 쫑긋 세워 주위를 살폈다. 바스까는 수풀에 머리를 파묻은 채 꾸벅꾸벅 졸고 있었다. 암말들이 그 주위를 맴돌다 아래쪽으로 사방팔방 흩어져 버렸다. 나이가 지긋한 말들은 투레질로 맺혀있는 이슬에 엷은 자국을 남겨가며 아무도 방해받지 않을 만한 장소를 계속 물색했다. 그렇다고 더 먹는 것도 아니고, 맛있는 풀들만 골라 뜯어댈 뿐이었다. 말 떼는 어느새 한 방향으로 이동하고 있었다. 이번에도 역시 늙은 줄디바가 점잖게 다른 말들을 앞질러 가며 더 가도 좋다는 신호를 보냈다. 얼마 전 첫 새끼를 낳은 젊은 가라마 무쉬까는 쉴 틈 없이 힝힝거리다 꼬리를 들어 올려 연자색 털의 젖먹이 새끼에게 투레질을 해댔다. 망아지는 어미 주위에서 무릎을 오돌오돌 떨며 기우뚱하게 걸었다. 아뜰라스나야처럼 매끄럽고 윤기가 빛나는 흑갈색 털을 가진 독신마 라스또치까는 비단처럼 부드러운 검은 갈기에 눈과 입이 덮일 정도로 고개를 푹 숙인 채 풀을 뜯다 뱉기를 반복하다, 이슬에 젖어 털 뭉치가 진 발로 툭툭 쳐가며 풀장난을 하고 있었다. 조금 큰 망아지 한 마리는 뭘 하고 놀지를 궁리하며 뭉텅뭉텅 엉켜버린 짧은 꼬리를 치켜들고 자기 어미 주위를 스물여섯 번째 빙 돌며 뛰어다녔다. 어미 말은 이미 아들내미의 성미에 익숙해진 터라 평온하게 풀을 뜯었고, 이따금 크고 검은 눈으로 곁눈질하며 제 새끼를 지켜볼 뿐이었다. 가장 어린 젖먹이 가운데 머리가 큰 검은 망아지 하나는 - 귀 사이로 놀랄 만큼 갈기가 삐죽 나와 있었으며 꼬리는 어미 배 속에 있을 때 휘어졌던 그 방향으로 돌돌 감겨 있었다 – 뜀박질해대다 뒷걸음질하는 다른 망아지를 귀를 세운 채 초점 없는 눈빛으로 뚫어지게 바라보고 있었다. 부러워서 바라보는 건지, 아니면 대체 왜 저러는지 모르겠다는 심술 난 마음이 들어서 쳐다보는 건지 그 이유는 알 수 없다. 코를 들이밀고 젖을 빠는 망아지도 있었고, 영문은 알 수 없으나 어미의 부름에도 아랑곳하지 않고 느리고 둔한 뜀박질로 무엇인가를 찾기라도 하듯 반대 방향으로 달려가다 느닷없이 멈추어 서서 괜스레 실망이라도 했는지 째지는 목소리로 울어대는 말도 있었다. 몸을 옆으로 대고 누워 퍼져 있는 말들도 있었고, 풀을 먹는 방법을 배우거나 뒷다리로 귓등을 긁고 있는 말들도 있었다. 새끼를 배고 있는 두 마리의 말은 무리에서 떨어져 나와 천천히 발을 떼며 한가로이 풀을 먹고 있었다. 어린 말들조차 감히 그 곁에 다가가지도, 방해하지도 않는 걸 보면 새끼를 밴 말에 대한 다른 말들의 배려가 있는 것이 역력했다. 행여 천덕꾸러기 말 하나가 버릇없는 행실을 보여줄 요량으로 그 곁에 가까이 다가갈지라도, 귀와 꼬리를 살짝 건드려보는 정도가 전부였다.

  한 살 난 수망아지들과 암망아지들은 이미 다 자란 듯 의젓한 척 굴었으며, 놀이라고는 이따금 껑충 뛰거나 신나게 무리를 지어서 모이는 게 전부였다. 그들은 풀을 먹을 때에도 아직은 짧기만 한 털의 목을 우아하게 굽히며 단정하게 먹었고, 꼬리라도 있는 양 짧은 갈기를 흔들어 댔다. 몇몇은 다 큰 말들을 흉내 내며 풀밭에 드러누워 있기도 했고, 서로 뒹굴거나 가려운 곳을 긁어주기도 했다. 가장 활발한 무리는 두세 살배기들과 숫처녀 말들이었다. 거의 항상 함께하다시피 붙어 다녔고, 발랄한 처녀들처럼 따로 몰려다녔다. 이들이 있는 곳에서는 항상 발굽 소리와 째지는 소리, 울음소리, 뒷발질 소리가 요란하게 들렸다. 이들은 모였다하면 어깨너머로 머리를 얹고 서로의 냄새를 킁킁거리다 함께 뜀박질했다. 때로는 투레질을 하고는 꼬리를 나팔처럼 둥글게 말아 높이 치켜든 채 도도하게 교태를 부리며 다른 무리를 앞질러 빠르게 뛰어나가거나, 반 구보로 느리게 걸어대기도 했다. 젊은 무리 가운데 단연 아름다운 자태를 뽐내며, 주도권을 쥐고 있는 말은 장난꾸러기 밤색 암말이었다. 밤색마가 어떤 장난을 궁리해서 치면, 다른 말들도 그걸 그대로 따라 했다. 밤색마가 어디를 가든 젊은 처자 무리가 그 뒤를 따랐다. 이날 아침, 장난꾸러기 밤색마는 유난히 장난기가 발동했다. 사람들의 표정에서 드러날 것 같은 신나는 기분이 밤색마에게서 묻어났다. 방금 전 물터에서도 밤색마는 늙은 말치기를 놀려대고는 강가를 따라 내달리다 무언가에 놀란 시늉을 하며 콧소리를 내고 쏜살같이 초원으로 달아난 터였다. 그러니 바스까는 장난꾸러기 밤색마는 물론 그 추종자 암말 무리를 쫓아 달려갈 수밖에 없었다. 이후 밤색마는 요기를 하고 풀밭에 누워 쉬었다. 그러나 그것도 잠시, 어느새 늙은 암말들 앞에 들이닥쳐 약을 올리다 새끼 젖먹이를 가로채 와서 물기라도 할 것처럼 뒤꽁무니를 졸졸 따라 달렸다. 어미는 놀란 가슴에 풀을 뜯어먹다 말았고, 새끼는 처량한 목소리로 소리를 질러댔다. 그러나 장난꾸러기 밤색마는 겁만 줬을 뿐 젖먹이 말을 털끝 하나 건드리지 않았다. 그럼으로써 밤색마의 장난기에 동조하며 이 상황을 지켜보고 있는 친구들에게 볼거리를 선사한 것이다. 뒤이어 이 장난꾸러기 밤색마는 저 멀리 강 너머 호밀밭에서 농부를 태운 채 쟁기를 끌고 있는 회색 얼룩빼기 말의 혼을 쏙 빼줄 참이었다. 그리하여 걸음을 멈추고는 도도하게, 약간은 몸을 한쪽으로 비스듬하게 기울인 채 머리를 곧게 쳐들고 몸을 흔들며 달콤하고 부드러우면서도 길게 늘어지는 울음소리를 내기 시작했다. 그 울음소리에는 장난기와 함께 정감 어린 마음과 다소 서글픈 마음도 배어 있었다. 희망과 사랑의 약속, 그리고 사랑 후에 오는 애수의 울음소리이기도 했다.

바야흐로 뜸부기가 우거진 갈대숲 속 이곳저곳을 날아 정열적으로 제 짝을 찾아다니고, 뻐꾸기와 메추라기가 사랑을 노래하고, 꽃들이 향기로운 꽃가루를 서로 바람에 실어 보내는 시절이었다.

"나는 젊고 아름다우며 강인하지요. 하지만 지금까지 살면서 이렇게 달콤한 감정을 느껴본 적은 없었어요. 아니, 이런 감정이 처음일 뿐만 아니라 그 어떤 사랑도, 그 누구도 경험해본 적이 없답니다."

밤색마의 울음소리가 전하는 말이었다.

이토록 의미심장한 울음소리는 구슬프면서도 생기 넘치게 산 밑과 들녘을 지나 울려 퍼지다 이윽고 저 멀리 회색 얼룩빼기에까지 닿았다. 회색 얼룩빼기는 귀를 세우고 멈춰 섰다. 농부가 짚신발로 때렸으나 말은 아랑곳하지 않고 멀리서 들려오는, 은구슬같이 청명한 울음소리에 매혹되어 따라 울기 시작했다. 농부는 화가 나 고삐를 잡아채고는 또다시 배를 짚신으로 걷어찼다. 그 바람에 울음소리를 미처 다 내지도 못한 채 밭을 마저 갈기 시작했다. 회색 얼룩빼기는 행복하면서도 서글픈 생각이 들기 시작했다. 저 멀리서 시작된 회색 얼룩빼기의 열정 어린 울음소리와 화난 농부의 목소리가 오래도록 울려 퍼져 이내 말 떼가 있는 곳까지 닿았다.

목소리 하나만으로도 본분을 망각할 만큼 넋이 빠질 정도였으니, 귀를 쫑긋 세운 채 콧구멍을 벌름거리며 탱탱하고 고운 몸을 떨면서 회색 얼룩빼기를 부르던 장난꾸러기 밤색마의 아름다운 자태를 실제로 보았더라면 회색 얼룩빼기는 어찌했을까.

한편 장난꾸러기 밤색마는 그러한 감성에 오래 빠져 있지 않았다. 회색 얼룩빼기의 목소리가 멎자 비웃듯 조금 더 울어대다 머리를 아래로 떨구고는 발로 땅을 헤집었다. 그리고는 이내 얼룩빼기 거세마를 건드리고 약 올릴 마음으로 다가갔다. 얼룩빼기 거세마는 이렇게 행복에 겨운 어린 말들의 놀림감이자 어릿광대에 지나지 않았다. 거세마는 사람들보다도 도리어 새파랗게 어린 말들한테 더욱 시달렸다. 그 누구에게도 그 무엇으로도 못되게 군 적이 없는데도 말이다. 사람들에게 그는 필요한 존재였으니, 그렇다 쳐도 젊은 말들은 무슨 이유로 그를 괴롭힌단 말인가?

## 4

 그는 늙었고 그들은 젊었다. 그는 여위었고 그들은 기름졌다. 그의 삶은 무료했고 그들의 삶은 유쾌했다. 그리하여 점점 더 그는 완전한 타인, 이방인, 그래서 동정할 수조차 없는 전혀 다른 존재가 되어가야만 했다. 말들은 오롯이 자기애(自己愛)만 지닌다. 다른 말들에 대한 동정은 어쩌다 가끔, 그것도 가죽 털 모습에서 쉬이 자기 모습을 발견할 수 있을 말들에게만 느낀다. 그렇지만 늙고 여위어 흉한 몰골이 된 것이 어디 얼룩빼기 거세마의 탓이랴. 그렇지 않으리라. 그러나 말들의 세계에서 그는 유죄였다. 오로지 강하고 젊고 행복한, 그래서 앞날이 창창하고 무심코 준 힘에도 온 근육이 전율하며 말뚝처럼 꼬리가 치솟는 말들만이 무죄인 것이다. 얼룩빼기 거세마 스스로도 이러한 섭리를 이해하고 있으리라. 그래서 고요한 시간이 찾아 들면 그는 삶을 다 소진해버린 죄의 대가를 치러야 한다는 사실을 받아들이곤 했다. 그러나 그도 한 마리의 말이었다. 하여 누구나 맞이할 수밖에 없는 생의 끝자락에 대한 대가로 그를 괴롭히는 이 철없는 말들을 보면서 모욕과 슬픔, 분노의 감정에 휩싸여 자주 무너지곤 했다. 얼룩빼기를 가혹하게 괴롭히는 말들의 심리에는 특권 지배층의 귀족적인 감정도 깔려 있었다. 모든 말들은 저마다 그 유명한 스메딴까 종의 혈통을 부계나 모계로부터 물려받았다. 이와 달리 얼룩빼기 거세마는 어느 족보 출신인지조차 알 수 없었다. 3년 전 시장에서 종이돈 80루블에 팔려 온 외래종이었던 것이다.

밤색마는 마치 그 주변을 거니는 것처럼 굴다가 얼룩빼기 거세마의 바로 코 밑까지 다가와 그를 밀쳤다. 거세마는 진즉에 눈치를 챈 터였으나 눈을 감은 채 귀를 젖히고는 이빨만 드러내 보였다. 밤색마는 등을 지고 돌아서서 다시금 그를 걷어차는 시늉을 했다. 그제야 거세마는 눈을 뜨고 다른 쪽으로 물러났다. 잠은 벌써 달아났기에 풀을 먹기 시작했다. 장난꾸러기 밤색마가 이번엔 자기 친구들까지 데려와 거세마에게 다가갔다. 그중 이마에 흰 반점이 있는 두 살배기 점박이 암말은 매우 어리석은 데다 밤색마의 일거수일투족을 따라 하기 일쑤였으며, 어디든 밤색마를 뒤따랐다. 그리하여 밤색마와 함께 거세마에게 다가가 여느 때처럼 추종자 역할을 자처

하며 주동자가 하는 짓을 도가 넘을 정도로 흉내 내기 시작했다. 밤색마는 자기 볼일이라도 있는 것처럼 태연하게 다가가 거세마에게 시선도 주지 않은 채 바로 코앞을 지나갔다. 거세마는 화를 내야 할지 말아야 할지 전혀 판단이 서질 않았다. 참으로 우습기 그지없는 상황이었다. 밤색마가 그리하고 나니, 이번엔 무리 가운데 유난히 들떠 있던 점박이 암말이 밤색마의 뒤를 따르다 한술 더 떠 대놓고 거세마를 가슴으로 쳤다. 거세마는 다시 한 번 이빨을 드러내 보이며 새되게 악을 쓴 후, 그 누구도 예상하지 못할 속도로 전력 질주하여 점박이 암말에게 달려들어 넓적다리를 물어버렸다. 점박이는 뒷발로 발버둥 치다 간신히 늙은 거세마의 앙상한 갈비뼈를 걷어찼다. 늙은 거세마는 헉헉거리며 쉰 소리를 낼 정도였지만, 그럼에도 한 번 더 들이대고 싶었다. 하지만 이내 마음이 바뀌어 깊은 한숨을 몰아쉬고는 다른 방향으로 이동하였다. 필경 어린 말 떼는 얼룩빼기 거세마가 점박이에게 보인 대담한 행동을 자신들에 대한 모욕으로 여겼으리라. 그리하여 이후 종일 작심하고 거세마가 풀을 먹지 못하게 굴며 한시도 그를 가만 두지 않았다. 말치기 일꾼도 몇 차례나 이들을 말리려 했으나, 대체 왜들 이러는지 알 길이 없었다. 거세마는 네스떼르가 말 떼를 다시 마구간으로 몰 준비를 하자, 알아서 먼저 그에게 다가갈 정도로 노여운 감정에 휩싸여 있었다. 그러다 네스떼르가 자기 등에 안장을 얹고 올라타자 오히려 더 행복하고 평온한 감정을 느꼈다.

거세마가 늙은 네스떼르를 등에 태우고 가면서 무슨 생각을 했는지는 신만이 아시리라. 성가시고 지독하게 못살게 구는 어린 것들을 원통한 마음으로 떠올렸을지, 혹은 노인들이 그러하듯 어지간하면 무시해버리고 입을 다문 채 자존심을 지켜 가며 자기를 모욕한 놈들을 용서해 줬을지 모를 일이다. 어찌 되었든 거세마는 집에 다다를 때까지 속내를 전혀 내보이지 않았다.

이날 저녁, 교부들이 네스떼르를 찾아왔다. 네스떼르는 노복들이 머무는 농가를 지나 말 떼를 몰다가 그의 집 현관에 말수레가 매여 있음을 알아챘다. 말 떼를 다 몰고 나서도 네스떼르는 안장을 벗기지도 않은 채 거세마를 마당에 풀어놓을 정도로 서둘렀다. 그리고는 바스까더러 말 떼들의 안장을 벗기라고 소리친 후 문을 닫고 곧장 교부에게 가 버렸다. 아비 어미도 알 수 없는, 말 시장에서 사 온 '천한 폐물' 따위한테 스메딴까 종의 증손녀라 할 수 있는 점박이 암말이 공격을 당한 모욕감 때문에 마구간의 귀족적 자부심이 손상을 당한 탓인지, 혹은 높은 안장에 기수도 태우지 않은 거세마가 이상스러울 만큼 환상적인 장면을 연출해서인지 모를 일이지만, 아무튼 마구간에서는 이날 밤 무언가 범상치 않은 일이 벌어졌다. 늙은 말, 젊은 말 할 것 없이 모두가 이빨을 드러낸 채 거세마를 끈질기게 따라다니며 마당으로 몰아붙였을 뿐만 아니라 여윈 거세마의 몸 아주 가까이에서 말발굽 소리와 끙끙대는 신음소리를 냈다. 거세마는 더 이상 이 상황을 견딜 수도, 공격을 피할 수도 없는 처지였다. 그는 마구간 한가운데 멈춰 섰다. 거세마의 얼굴에는 심한 혐오감과 함께 무기력한 늙은이의 독기가 서려 있었으나 그것도 이내 절망감으로 바뀌었다. 그는 귀를 바짝 대고 느닷없이 무슨 행동을 보였는데 이후 말들도 갑자기 잠잠하게 굴기 시작했다. 가장 늙은 암말인 뱌조뿌리하가 다가와 거세마의 냄새를 맡고는 한숨을 내쉬었다. 한숨을 쉬기는 거세마도 마찬가지였다.

# 5

 달빛이 비치는 마구간 한가운데 키가 크고 빼빼 마른 얼룩빼기 거세마가 툭 불거진 말 잔등에 높은 안장을 찬 채로 서 있었다. 말들은 그에 대한 무슨 신기하고 엄청난 사실을 듣기라도 한 것처럼 그 주위에서 미동도 없이 깊은 침묵을 지키며 서 있었다. 그리고 정확히 그러했다. 그간 전혀 몰랐던 뜻밖의 사실을 깨닫게 된 것이다.
 그들이 거세마로부터 들은 이야기는 이렇게 시작된다.

 첫날 밤

 그렇다. 나는 류베즈느이 1세와 바바의 아들이다. 족보상 내 이름은 무지끄 1세이다. 족보로 따지면 무지끄 1세이지만 홀스또메르라는 별명이 있다. 러시아에서는 찾아볼 수 없는, 보폭이 길고 활달한 걸음걸이 때문에 주변에서 붙여준 이름이다. 혈통으로 치자면 전 세계적으로 나보다 더 귀한 태생이 없다. 그렇다고 당신들에게 이런 이야기를 들려줄 생각은 추호도 없었다. 무슨 의미가 있겠는가? 어차피 자네들은 나를 알아보지 못했을 터인데. 흐네로브이에서 나와 함께 생활했던 뱌조쁘리하조차 나인 줄 몰라보고 이제서야 눈치를 챘으니. 뱌조쁘리하의 증언이 없었더라면 지금도 자네들은 내 말을 믿지 못했을 것이다. 이런 이야기를 들려줄 생각이 추호도 없었다. 내게 말들의 연민 따위는 필요 없다. 그러나 자네들은 내가 동정을 구걸하길 바랐지. 그렇다. 내가 홀스또메르다. 말 애호가들이 그렇게 찾아 다녀도 끝내 찾지 못한다는 그 홀스또메르. 백작이 내 진가를 알아보고도 자기의 애마 레베지를 앞서 달렸다는 이유로 종마장에서 팔아 내쫓았던 그 홀스또메르 말이다.

사실 태어났을 때는 얼룩빼기라는 게 무엇을 의미하는지 몰랐다. 난 그냥 내가 말이라고만 생각했다. 내 털에 대해 수군대는 이야기를 처음 들었을 때 나와 어머니가 느꼈던 깊은 충격을 오롯이 기억한다. 나는 밤에 태어난 것이 분명하다. 어미가 나를 핥아 주어 아침 경에는 이미 내 발로 서 있었으니. 내 기억에 나는 무엇이든 갈구했고 내겐 모든 것이 마냥 신기했으며, 또 동시에 단순해 보였다. 기다랗고 훈훈한 복도에 있던 마방에는 격자문이 달려 있었는데, 그 사이 너머로 모든 것이 다 보였다. 하지만 어머니가 젖을 물리려 가까이 대주어도 어미의 앞발 아래나 여물통 밑으로 코를 박아대기 일쑤일 정도로 눈도 제대로 못 뜬 터였다. 그때 갑자기 어머니가 격자무늬 문 쪽을 살펴보더니 나를 다리 사이로 밀어 옮기고는 옆으로 비켜섰다. 그날 근무를 서던 마구간지기가 격자 너머 마방에 있는 우리 쪽을 쳐다봤다.

"여기 좀 들어와 봐, 바바가 새끼를 낳았네."

그렇게 말하며 빗장을 열었다. 그리고는 새로 깐 짚더미를 밟고 올라 나를 두 팔로 안았다.

"이것 좀 보라니까, 따라스."

그가 소리쳤다.

"이런 얼룩빼기는 처음이네, 무슨 까치도 아니고."

나는 그에게서 달아나려다 무릎을 댄 채 넘어지고 말았다.

"이것 봐라, 이 조막만 한 게 까불어."

어머니는 초조해하긴 했어도 날 보호하려 들지 않고 그저 힘겹게 깊은 한숨을 내쉬다 조금 더 옆으로 비켜설 뿐이었다. 마구간지기들이 다가와 나를 쳐다보기 시작했다. 그중 한 명은 관리 대장에게 보고를 하러 달려갔다. 모두 내 얼룩을 쳐다보며 웃어댔고 이런 저런 이상한 이름들을 붙여주기 시작했다. 나도 나지만 어머니도 그 단어들의 뜻을 이해하지 못했다. 지금까지 내 피붙이 중에 얼룩빼기로 태어난 망아지는 한 마리도 없었으니 그럴 만도 했다. 그렇다고 이런 이름들에 어떤 나쁜 뜻이 있다고는 생각하지 않았다. 그래도 모두 내 체격이나 힘을 보고 칭찬을 해주었으니까.

"어쭈, 엄청나게 잽싼데. 도저히 붙잡고 버틸 수 없을 정도야."

마구간지기가 말했다.

얼마 후 관리 대장이 도착했는데, 내 털 색깔을 보자마자 놀라는 것도 모자라 상심하는 기색이었다.

"대체 어디서 이런 해괴망측한 물건이 태어난 거야. 장군님이 이제 이 녀석을 가만두지 않으실 텐데. 아이고, 바바야. 네가 나를 못 잡아먹어 안달이구나. 이마에 흰 점이 찍힌 애라면 모를까 사방팔방 얼룩 덩어리라니!"

어머니를 향해 말했다.

내 어머니는 아무런 대꾸를 하지 않았고, 그런 상황에서 으레 그러하듯 다시 한번 한숨만 푹 내쉴 뿐이었다.

"아니, 어느 망할 놈을 닮아 이 모양이람. 영락없이 농사꾼 말이잖아."

계속해서 그가 말했다.

"아무튼 이 종마장에는 둘 수가 없어. 이런 수치스러운 일이 어디 있나. 허허, 잘도 생겼네, 참 잘도 났어."

나를 쳐다보며 관리 대장이 그렇게 말했고, 다른 마구간지기들도 덩달아 맞장구를 쳤다. 며칠 후 장군이 직접 나를 보러 찾아왔을 때는 모두가 무언가가 찔리기라도 한 듯 벌벌 떨며 털 색깔을 구실로 나와 내 어미를 욕해 댔다. 나를 본 사람이면 누구든지 이런 말만 되풀이했다.

"거참 잘생겼군, 잘도 났어."

봄이 올 때까지 우리 망아지들은 각자 방으로 흩어져 어미 품에서 지냈다. 그러다 마구간 지붕에 쌓인 눈이 햇볕에 녹기 시작할 무렵 새 짚을 깐 넓은 마당에 이따금 어머니와 함께 풀려 나왔는데, 그때 난생처음으로 피붙이는 물론 가깝고 먼 친척들을 모두 보았다. 당시 명성을 날리던 암말들이 자기 새끼들을 데리고 이 문 저 문에서 나오는 광경을 지켜보았다. 네덜란드 종인 늙은 무쉬까부터 시작해서 스메딴까 종의 딸인 *끄라스누하*, 승마용인 도브로호찌하 등 당시 내로라하는 명마들이 모두 있었다. 다들 자기 새끼들을 데리고 나와 햇볕을 쬐며 슬슬 걷거나 새 짚에 누워 뒹굴기도 하고 여느 평범한 말들처럼 서로의 냄새를 맡기도 했다. 그 시절 아름다운 말들로 가득했던 이 마구간의 풍경을 나는 지금까지도 잊지 못한다. 자네들 입장에서는 내가 젊고 날렵했다는 사실이 낯설고 또 믿기지도 않겠지만 내게도 그런 시절이 있었다. 그 당시 겨우 한 살배기였던 여기 있는 뱌조쁘리하도 – 사랑스럽고 발랄하면서 민첩했던 – 함께 했었다. 내 괜히 그녀의 노여움을 사려고 하는 말이 아니지만, 사실 뱌조쁘리하가 지금은 그대들 사이에서 진귀한 혈통으로 쳐주지만, 당시에는 열등한 축에 속했다. 그녀가 직접 확인해 줄 거라고 본다.

사람들은 내 얼룩을 싫어했으나 말들은 환장할 정도로 좋아했다. 모두들 나를 둘러싼 채 넋을 잃고 바라보았고 나와 함께 놀아주었다. 난 내 얼룩에 대해 수군거리던 사람들의 말들을 진즉에 잊고 행복을 느꼈다. 그러나 이윽고 나는 인생의 첫 슬픔을 맛보았다. 그건 내 어머니 때문이었다. 어느새 눈이 녹기 시작하고 참새들이 처마 아래에서 지저귀고 공기에 봄기운이 완연하게 느껴질 무렵, 어머니가 나를 대하는 태도가 달라지기 시작했다. 어머니의 모든 기질이 돌변했다. 이상하게 구는 건 한둘이 아니었다. 지긋한 나이에 전연 어울리지 않게 아무 이유 없이 별안간 마당을 뛰어다니며 장난을 쳤고, 자기 자매를 물거나 뒷발로 차대지를 않나, 빙빙 돌면서 킁킁거리며 내 냄새를 맡다가 이내 못마땅한 듯 투레질을 하는가 하면, 햇볕에 나가 사촌 자매 꾸쁘치하의 어깨 너머로 고개를 기대고는 생각에 잠긴 채 등을 긁어주다가도 내가 젖을 물러 다가갈라치면 밀쳐내는 것이었다. 그러던 어느 날 마구간 관리 대장이 찾아와 어머니에게 굴레를 씌우라고 시켰고, 이후 사람들이 어머니를 마구간에서 끌고 나갔다. 어머니가 울기 시작했고 나도 따라 울다가 감정에 북받쳐 어머니를 쫓아 달려 나갔다. 그러나 어머니는 나에게 눈길조차 주지 않았다. 마구간지기 따라스가 나를 온몸으로 붙잡았을 때, 어머니가 끌려나간 문이 닫히고 말았다. 나는 냅다 뛰었고 그 바람에 따라스가 짚 위로 쓰러졌다. 그럼에도 문은 잠겼고, 나는 점점 멀어져가는 어머니의 울음소리만을 하염없이 듣고 있을 뿐이었다. 그치만 어머니의 울음소리에서 나는 더 이상 도와달라는 애달픔을 느낄 수 없었다. 그 울음은 하소연이라기보다는 어떤 욕구의 표현이었다. 어머니의 목소리에 저 멀리서 힘찬 수컷의 목소리, 나중에 안 사실이지만, 도브르이 1세의 목소리가 화답했다. 도브르이 1세는 두 명의 마구간지기와 함께 다른 방향에서 내 어미와 짝짓기를 하러 오던 길이었다. 따라스가 마구간에서 어떻게 나갔는지 기억조차 나질 않는다. 그토록 나는 서글펐다. 나는 이대로 영원히 내 어머니의 사랑을 잃어버릴 것 같은 상실감에 빠져 있었다. 내 털에 대해 사람들이 수근대던 말들이 떠올랐고, 이 모든 일이 내가 얼룩빼기라서 일어난 것만 같았다. 이러한 나쁜 생각에 사로잡혀, 나는 온몸이 흠뻑 젖도록 마구간 벽을 머리와 무릎으로 미친 듯이 들이박았다. 쓰러질 정도로 맥이 다 빠져도 멈출 수가 없었다.

  얼마 후 어머니가 내게 다시 돌아왔다. 나는 평소와 다른 낯설고도 경쾌한 걸음걸이로 복도를 지나 우리 마방에 들어오는 어머니의 기척을 들었다. 사람들이 문을 열어주었을 때, 너무나도 젊고 고와진 모습에 나는 내 어머니를 알아보지 못했다. 어머니는 내 냄새를 맡고 투레질을 하고는 깔깔거리며 웃기 시작했다. 어머니의 표정 하나하나에서 나를 더 이상 사랑하지 않는다는 것을 깨달았다. 어머니는 도브르이의 멋진 자태와 그에 대한 사랑 이야기를 들려주었다. 둘의 만남이 계속될수록 나와 어머니의 관계는 더할 나위 없이 냉랭해져만 갔다.

머지않아 우리들을 풀밭에 풀어주었다. 그때부터 나는 새로운 기쁨을 알아갔다. 모성애에 대한 상실감이 이 기쁨으로 채워졌다. 내게 여자 친구들과 동무들이 생겼고, 우리는 함께 풀을 뜯어 먹는 방법, 어른 말처럼 우는 방법, 꼬리를 든 채로 어머니를 빙 둘러 원을 그려가며 껑충껑충 뛰는 법을 함께 배웠다. 그야말로 행복한 시절이었다. 나는 모든 것이 용서되었다. 모두가 나를 사랑했고, 황홀한 눈으로 나를 바라보았으며, 내가 무슨 행동을 하든 호의적으로 바라봐 주었다. 그러나 이러한 행복은 그리 오래가지 않았다. 이윽고 내게 끔찍한 일이 일어났기 때문이다.

홀스또메르는 땅이 꺼지도록 무거운 한숨을 쉬고는 말들에게서 저만치 떨어진 자리로 몸을 옮겼다.

　새벽의 여명이 붉게 타오른 지 이미 오래다. 문이 삐걱거리더니 네스떼르가 들어왔다. 말들은 사방으로 흩어졌다. 말치기 일꾼이 홀스또메르의 안장을 정돈하고는 말 떼를 밖으로 몰았다.

# 6

둘째 날 밤

다시 마구간으로 돌아오자마자 말들은 홀스또메르 주위로 모여들었다. 그는 전날 밤의 이야기를 이어갔다.

8월에 나는 어머니와 이별을 해야 했다. 그런데도 그다지 슬픈 느낌은 들지 않았다. 내 어머니가, 지금은 유명해진, 우산이라는 내 동생을 임신하고 있는 걸 알았고, 나 또한 이전의 내가 아니었기 때문이다. 나는 시샘을 하지 않았다. 대신 어머니에 대한 내 마음이 싸늘히 식어가고 있음을 느꼈다. 더군다나 어머니와 떨어지고 나면 망아지들끼리 지내는 방에 들어간다는 걸 알고 있었다. 그곳에서 우리는 둘, 셋씩 짝을 이뤄 지냈고 매일매일 어린 무리끼리 함께 밖으로 나갔다. 나는 밀르이와 한 방을 썼다. 밀르이는 승마용 말로 훗날 황제가 타고 다녔고, 그림이나 동상으로 새겨지기도 했다. 밀르이도 그땐 그저 평범한 망아지에 불과했다. 그래도 윤기가 자르르 날 정도로 부드러운 털에 목의 자태가 백조와도 같았고 다리는 악기의 현처럼 곧고 가늘었다. 그는 언제나 활기차고 상냥하면서도 사랑스러웠다. 늘 놀거나 핥아댔고, 사람이나 말이나 가릴 것 없이 언제든 상대한테 장난치는 것을 좋아했다. 우리는 함께 살면서 자연스럽게 벗이 되었고 우리의 우정은 청춘이라는 시절 내내 지속되었다. 그는 명랑하고 가벼웠다. 그때 이미 사랑을 시작해 암말들과 어울려 지냈고 내게 순진하다며 놀려댔다. 불행하게도 나는 자존심 때문에 그를 흉내 내기 시작했고, 너무나도 쉽게 사랑에 빠져버리고 말았다. 그리고 이 치기어린 호기심이 내 운명에 크나큰 변화를 가져왔다. 내가 사랑에 빠지는 일이 일어나고 만 것이다.

뱌조뿌리하는 나보다 한 살 위였고, 우리는 각별히 어울려 지냈다. 그러다 가을 무렵에 그녀가 나를 피하기 시작한다는 걸 눈치챘다. … 그렇다고 여기에서 내 불행했던 첫사랑의 이야기를 다 털어놓지는 않을 것이다. 내 인생에 있어 가장 중요한 전환점으로 끝나버린 무모했던 나의 열정을 그녀가 기억하고 있으리라. 말치기 일꾼들은 뱌조뿌리하를 황급히 내쫓고 나를 때리기 시작했다. 그날 저녁 나는 외딴방으로 쫓겨났고, 다음날 일어날 사건들을 예감이라도 한 듯 밤새도록 울었다.

 이튿날 아침, 장군과 마구간 관리 대장, 마구간지기, 말치기 일꾼이 내 마방 복도에 찾아왔고, 그때부터 끔찍한 말다툼이 시작되었다. 장군이 마구간 관리 대장에게 호통쳤고, 관리 대장은 나를 풀어주라고 허락한 적이 없으며 마구간지기들이 제멋대로 한 짓이라는 변명을 늘어놓았다. 장군은 모든 말들을 채찍질하고 수놈은 당장 내보내라 말했고, 이에 마구간지기는 분부대로 따르겠노라 약속했다. 이윽고 잠잠해지더니 모두 나갔다. 나는 도통 무슨 말인지 못 알아들었지만, 분명 나에 관한 어떤 일이 꾸며지고 있다는 사실만큼은 알 수 있었다.

 이 사건이 있은 지 바로 다음 날, 나는 영원히 울음소리를 멈추었고 지금과 같은 신세가 되었다. 내 눈에 비치는 모든 세계가 완전히 달라졌다. 더 이상 아무것도 즐겁지 않았고 점점 자기 안에 갇혀 생각만 많아졌다. 처음에는 만사가 다 귀찮았다. 식음도 전폐한 채 꼼짝도 못 할 정도였으니 놀 생각은 꿈도 못 꾸었다. 이따금 뒷발을 번쩍 들거나 내달려볼까 하는 생각도 들었으나 이내 '뭐를 위해서?', '그러면 뭐가 달라지는데?'라는 끔찍한 의문이 들었다. 그럴 때면 마지막 남은 힘조차 그대로 소멸되어 버렸다.

 어느 날 저녁, 사람들이 나를 이리저리 끌고 다녔다. 한편 그 시간, 말 떼는 목초지에서 돌아오고 있었다. 나는 희미하지만 분명 낯익은 암컷들의 형상을 한 먼지가 자욱이 이는 광경을 멀리서도 알아보았다. 그리고 무심코 그들의 즐거운 웃음소리와 말발굽 소리를 들었다. 마부가 잡아당기는 굴레의 끈이 내 뒤통수를 쪼갤 듯이 조여와도 나는 제 자리에 멈춰 서서 영원히 잃어버린, 돌이킬 수 없는 행복을 바라보듯 다가오는 말 떼를 하염없이 바라보았다. 말 떼가 점점 가까이 다가오자 나는 하나하나 누구인지 알아차렸다. 모두가 아는 말들이었고 아름다웠으며 위풍 있고 건강하면서도 기름진 모습이었다. 그중 누군가도 내 쪽을 쳐다보았다. 나는 마부가 굴레를 잡아당기는 고통조차 느끼질 못했다. 그 순간 나도 모르게 자제력을 잃고 옛날 기억에 기대어 무의식적으로 울기 시작했고, 빠른 걸음으로 내달리기 시작했다. 그러나 나의 울음소리는 처량하면서도 우스꽝스럽고 허망하게 울려 퍼질 뿐이었다. 나를 비웃는 소리는 들리지 않았으나 무리 중 대다수가 체면상 나를 외면하고 있다는 것을 눈치챘다. 분명 그들에게 난 역겹고 가여웠으며 수치스러웠고, 무엇보다 가소로운 존재였다. 그들에게는 나의 이 질편하고 매력없는 목과 큰 머리(당시 나는 더 여위었었다), 길기만 할 뿐 균형 잡히지 않은 다리와 옛날 습관대로 마구간지기 주위를 바보같이 뛰는 모양새가 같잖게 보였으리라. 그 누구도 내 울음소리에 응대하지 않았고, 모두가 나를 외면해 버렸다. 그제야 나는 문득 깨달았다. 그들 모두에게서 내가 영원히 멀어지고 말았음을... 그리고 그 날 밤 내가 어떻게 마부에 이끌려 집에 돌아왔는지 기억조차 없다.

내가 본디부터 진지하고 생각이 많은 편이지만, 이제는 그 야말로 일생일대의 중대한 변화가 일어나고 말았다. 사람들로 하여금 괜스레 경멸감을 불러일으키는 내 얼룩, 예기치 않게도 묘하게 꼬여버린 나의 불행, 그리고 사육장에서 내가 느꼈던 남들과는 다른 처지, 이 모든 것들로 인해 나는 더 깊은 상념에 잠기게 되었다. 나는 얼룩빼기라는 이유로 나를 함부로 비난하는 사람들의 부당한 태도에 대해 생각했다. 나는 모성애, 아니 여자의 사랑이라는 것이 얼마나 변덕스럽고 외적인 조건에 따라 달라지는가에 대해 생각했다. 무엇보다 우리와 긴밀하게 얽혀 있고, 우리가 인간이라고 일컫는 그 이상한 종족의 특성에 대해 생각했다. 특히 사육장에서 내가 느꼈던, 그러나 도저히 이해할 수 없었던, 남들과는 다른 나의 처지라는 개념의 원류(源流)가 되는 인간들의 특성에 대해 생각해 보았다. 이러한 독특한 처지라는 것과 그것의 기저가 되는 사람들의 특성이 갖는 의미의 실체는 다음 사건으로 말미암아 드러났다.

사건은 어느 겨울 공휴일에 일어났다. 온종일 아무도 내게 사료도, 물도 주지 않았다. 나중에 알게 된 사실이지만 마구간지기가 술에 취한 바람에 그렇게 되었다. 그날 사실 마구간 관리 대장이 갑자기 내게 들러 사료가 없는 걸 보더니 마방에 있지도 않는 마구간지기에게 고약한 욕설을 해대고는 나가버렸다. 이튿날, 마구간지기가 다른 동료들과 함께 우리 마방에 건초를 주러 들어왔는데, 그의 혈색이 창백하고 처량해 보였다. 특히 그의 유난히 긴 등이 의미심장한 이야기를 들려주는 듯했고 안쓰러운 감정을 자아냈다. 그는 화가 난 채 격자 문 너머로 건초를 던졌다. 나는 그의 어깨에 머리를 들이밀며 파묻었다. 그러나 그는 내 콧대를 주먹으로 힘껏 후려갈겼고, 그 바람에 나는 나자빠졌다. 그는 다시 장화로 내 배를 내리쳤다.

"이 재수 옴 붙은 놈만 아니면 별일 없었을 것을."

그가 말했다.

"왜 그러는데?"

다른 마구간지기가 물었다.

"백작의 말들은 한 번을 안 찾으면서 자기 망아지는 하루에 두 번씩 찾고 난리란 말이야."

"백작이 얼룩빼기를 정말 대장한테 넘겨줬단 말이야?"

다른 이가 물었다.

"팔았는지 거저 줬는지 알 게 뭐야, 제기랄. 백작 말들은 죄다 굶겨 죽여도 괜찮지만 자기 망아지를 어떻게 감히 굶길 수 있냐며 엎드리라고 하고는 얼마나 패던지. 기독교적 자비심이라고는 찾아볼 수가 없어. 사람이 가축을 불쌍히 여기면 여겼지. 그 인간은 양심이라는 게 털끝만치도 없다니까. 때리면서 자기가 횟수까지 세더라니. 야만인보다 못한 놈. 백작도 사람을 그리 패지는 않는데 말이야. 온 등짝에 피멍이 들 정도로 때리는 거 보면 정말 자비심이라고는 눈곱만큼도 없는 게 뻔해."

매질이니, 기독교적 자비심이니 하는 말들에 대해선 쉽게 알아들었다. 그러나 자기 망아지니, 그의 망아지니 하는 단어들이 무엇을 의미하는지 당시의 나로선 도저히 알 길이 없었다. 그저 그런 말들을 통해 사람들이 나와 마구간 대장 사이에 어떠한 관계를 상정하고 있다는 사실만 짐작할 뿐이었다. 그땐 그게 무슨 관계인지 결코 이해할 수 없었다. 시간이 한참 흘러 나를 다른 말들과 별도로 격리시킨 이후에서야 비로소 그것의 의미를 깨닫게 되었다. 당시의 나는 나를 특정인의 소유로 부르는 것이 무엇을 뜻하는지 전연 납득할 수 없었다. 살아있는 말(馬)인 나를 두고 나의 말이라고 부르는 것은 나의 땅, 나의 공기, 나의 물이라고 부르는 것과 마찬가지로 내게는 이상하게 여겨졌다. 그런데도 이러한 표현은 나에게 지대한 영향을 미쳤다. 이 말들에 대해 부단히 고민하고 사람들과 실로 다양한 관계를 오랫동안 경험한 후에서야 나는 마침

내 사람들 사이에서 통용되는 이 이상한 말들의 의미를 깨닫게 되었다. 그 말의 의미인 즉슨 사람들은 삶에 있어 실제 행위가 아닌 언어의 지배를 받는 것이다. 그들은 무슨 일이든지 간에 그것을 할지 말지에 대한 가능성보다 자기들끼리 약속하고 정한 말(言)들을 얼마나 다양한 대상에 적용할 수 있을지에 대한 가능성을 더 좋아한다. 인간들 세계에서 매우 중요하게 간주되는 말들의 중심에는 나의, 내 것의, 나만의 라는 것들이 있다. 그리고 그들은 온갖 사물과 생명, 대상에 상관없이 이 말들을 갖다 붙인다. 심지어 땅도, 사람도, 말(馬)도 그 대상이 될 지경이다. 그게 그거인 똑같은 물건을 두고도 단 한 사람만이 나만의 것이라는 말을 할 수 있게 약속을 해댄다. 그리고 그들끼리 정한 이와 같은 내기에서 나의 것이라고 부를 수 있는 대상을 가장 많이 선점한 사람을 최고로 행복한 사람이라고 여긴다. 도대체 왜 그러는지 알 수는 없지만 그렇다고들 한다. 예전엔 나도 어떻게든 좋게좋게 해석해 보려고 오랫동안 노력했으나 역시 부당한 듯하다.

많은 이들이, 가령, 나를 두고 자기의 말이라고 불렀으나 나를 타고 다닌 이는 정작 그들이 아니라 다른 사람들이었다. 먹이를 준 이도 그들이 아니라 전혀 다른 사람들이었다. 내게 은혜를 베풀어 줬던 이 역시 나를 자기의 말이라고 부르는 사람들이 아닌 마부와 마의(馬醫), 그리고 나와는 하등의 관계도 없는 사람들이었다. 훗날 관찰의 반경을 넓혀 살펴본 결과 나는 우리, 즉 말들에 대해서 일컬을 때뿐만 아니라 나의 것이라는 개념 자체가 본래 저급하고 동물적인 인간의 본능 그 이상도 이하도 아님을 확신하게 되었다. 사람들은 그것을 이른바 소유 의식 혹은 소유권이라 일컫는다. 사람들은 자기 집이라고 말하면서 단 한 번도 그곳에 거주하지 않는다. 그 집을 짓고 유지하는 것에만 신경 쓸 뿐이다. 상인은 자기 상점이라고 말한다. 예를 들어 나의 모포상이라고 말하면서 정작 본인 가게에 있는 최고급 모직으로 만든 옷을 한 벌도 갖고 있지도 않다. 자기 땅이라고 말들 하지만 그 땅을 본 적도, 지나가 본 적도 없는 사람들도 있다. 얼굴조차 못 본 타인을 자기 사람이라고 칭하는 이들도 있는데 그러한 관계는 한쪽이 다른 한쪽에게 일방적으로 악을 행하는 구조로 이루어져 있다. 누구는 이미 다른 남자와 사는 여자를 자기 여자 혹은 아내라고 부르기도 한다. 그렇다 보니 사람들은 삶을 살아감에 있어 마음에서 우러나와 좋다고 여기는 일들을 위해 애쓰기보다 자기의 것이라고 말할 수 있는 대상을 늘리기 위해 안간힘을 쓴다. 바로 여기에 우리네 말과 인간들의 근본적인 차이가 있다고 나는 이제 확신한다. 고로 인간보다 우리가 더 우월한 여러 이유를 차치하고라도 바로 이 하나의 사실만으로도 감히 위계적 존재인 자연의 사다리에서 우리가 인간보다 우위에 있다고 말할 수 있노라. 사람들의 생명 활동은, 적어도 내가 만난 사람들의 경우, 한낱 말(言) 따위에 휘둘리지만 우리는 실제에 지배를 받지 아니한가. 마구간 대장은 다름 아닌 나를 본인의 말(馬)이라고 말할 수 있는 권리를 받았으며, 그렇기 때문에 마구간지기를 매질했던 것이다. 이와 같은 깨달음으로 나는 몹시 큰 충격을 받았고, 여기에 내 얼룩덜룩한 털에 대해 사람들이 갖는 생각과 선입견들, 어머니의 배신으로 인해 생겨난 내 마음속 깊은 시름이 더해지면서 나는 지금의 나처럼 진지하고 사색적인 홀스또메르가 될 수밖에 없었다.

나는 이중 삼중으로 불행했다. 나는 얼룩빼기였고, 거세마인 데다, 응당 살아있는 모든 존재가 신과 자신에게 귀속되거늘 사람들이 나를 신도 자신도 아닌 마구간 대장의 소유물로 여겼기 때문이다.

사람들이 나의 소유를 그리 상정한 까닭에 많은 일이 일어났다. 우선 나를 다른 말들과 별도로 떼어 놓았고 더 잘 먹였으며 조마용 줄에 매어놓고 더 자주 훈련을 시키는 것은 물론 남들보다 일찍 마구를 달아주었다. 처음으로 마구를 단 것은 내가 세 살이 되던 무렵이었다. 나를 자기의 소유라고 여기는 마구간 관리 대장이라는 사람과 마구간지기 한 무리가 처음으로 내게 마구를 채우던 날을 기억한다. 아마도 내가 난폭하고 격렬하게 저항할 것이라고 여겼던 모양인지 그들은 내 입에 재갈을 물렸다. 그리고 나를 밧줄로 감아 수레의 끌채로 끌고 가서는 등 위에 폭이 넓은 십자형 가죽대를 둘렀고, 내가 뒷발로 차지 못하도록 그것을 끌채와 연결했다. 그러나 나는 노동에 대한 열망과 애착을 발휘할 기회를 기대했을 따름이었다.

그들은 내가 노련한 말처럼 걷자 놀라워했다. 사람들이 나를 타고 다니기 시작했고, 나 또한 빠른 걸음의 뜀박질을 연습하기 시작했다. 하루가 다르게 나날이 발전하여 석 달 후에는 장군 본인은 물론 많은 이들이 내 보조(步調)를 칭찬했다. 그러나 이상한 점은 내가 자기의 말이 아닌 마구간 대장 소유의 말이라고 여기는 까닭에 나의 보조 또한 그들에게 전혀 다른 의미를 갖게 된다는 사실이다.

사람들은 나의 형제 종마들을 경주에 끌고 다니며 길들였으며, 그들의 주파를 꼼꼼히 측정하는 것은 물론 일부러 그들을 보려고 드나들었다. 그들이 이끄는 사륜마차를 탔으며, 등 뒤에 값비싼 덕석을 덮어 주었다. 반면 나는 관리 대장의 용무를 위해 시시한 마차나 끌며 체스멘까나 다른 농가들을 전전했다. 이러한 모든 차이는 내가 얼룩빼기인 탓에 비롯되었으며, 보다 근본적인 이유는 사람들의 사고방식으로 볼 때 내가 백작이 아닌 마구간 관리 대장 소유의 말이었기 때문이다.

우리에게 내일의 삶이 주어진다면 마구간 관리 대장이 생각하는 그 소유권으로 인해 내 인생에 어떤 중요한 파장이 일어나게 되었는지 들려주도록 하겠다.

 이날 내내 말들은 홀스또메르에게 정중한 태도로 일관했다. 그러나 네스떼르의 태도는 여전히 거칠었다. 농부의 회색 얼룩빼기 말은 어느새 말 떼 곁으로 다가와 울기 시작했으며 밤색 암말 또한 교태를 부렸다.

# 7

셋째 날 밤

초승달이 떴다. 가는 낫 모양의 달은 마당 한가운데 서 있는 홀스또메르를 잔잔히 비추었다. 말들도 그의 곁에 옹기종기 모여 있었다. 얼룩빼기 홀스또메르가 말을 이어 갔다.

나는 백작도, 하느님도 아닌 마구간 관리 대장의 말이라는 연유로 믿기 힘든 대가를 치렀다. 우리네 말들의 가장 중요한 자질을 이루는 질보(疾步)를 지녔다는 이유로 쫓겨나야만 했던 것이다. 레베지가 원형 훈련장을 달리고 있었고 내가 태운 마구간 관리 대장은 체스멘까에서 돌아와 원형로 근처에 서 있었다. 그때 레베지가 우리를 지나갔다. 레베지도 곧잘 달렸으나 겉멋만 들었지 내가 연마해 도달한 기술, 즉 한 발이 땅에 닿는 순간 동시에 다른 발을 들어 한 치의 힘 낭비를 허용치 않고 전력 질주를 할 수 있는 기술을 구사하지는 못하였다. 또다시 레베지가 우리 곁을 지나갔다. 그러자 나도 모르게 원형로로 몸이 향했고 관리 대장도 나를 말리지 않았다.

"어디 한번 내 얼룩빼기 실력 좀 볼까?"

그가 소리쳤다. 그리고 다음번에 레베지가 달려와 내 옆에 나란히 서게 되자 마구간 대장은 나를 마음껏 뛰도록 풀어놔 주었다. 레베지는 이미 구동에 속도가 붙은 터라 첫 번째 경주에서는 내가 뒤처졌다. 그러나 두 번째에 들어서서는 나도 속력을 내기 시작해 바짝 따라붙어 레베지가 끄는 마차에 점점 다다랐고 어느새 나란히 달리다 이내 추월해 앞질러 버렸다. 다시 한번 시험해 보았으나 결과는 마찬가지였다. 내가 더 빨랐다. 그리고 이 사실은 모두를 경악하게 만들었다. 결국 소문으로라도 이 사실이 알려지지 않도록 하기 위해 서둘러 나를 저 멀리 팔아버리기로 했다.

"백작이 이 사실을 아는 순간 끝장이야!"

한 목소리로 그렇게 말했다. 그리고 나를 까렌나야 지방의 말 장사꾼에게 넘겼다. 말 장사꾼과는 오래 지내지 못했다. 마필을 보충하러 들른 경기병이 나를 사 갔기 때문이다. 이 모든 상황이 너무나도 부당하고 잔인했던 만큼 흐레노바야를 떠나 정들고 친근했던 모든 이들과 영영 작별을 하게 되었을 때 한편으로는 기쁜 마음이 들었다. 그만큼 그들 사이에서 지내는 삶이 너무나도 힘겨웠다. 그들의 삶에는 사랑, 명예, 자유가 펼쳐질 테지만 나의 삶에는 노동과 치욕, 치욕과 노동만이 생의 끝자락까지 따라다닐 테니 말이다. 무엇 때문에? 그건 내가 얼룩빼기이고 이로 인해 내가 누군가의 말로 소유되어야만 했기 때문이다.

이날 저녁 홀스또메르는 이야기를 더 이상 이어갈 수 없었다. 모든 말들을 요란법석 떨게 만드는 일이 일어났기 때문이다. 출산일이 늦어진 꾸쁘치하가 이야기를 듣다 말고 갑자기 몸을 틀어 천천히 헛간으로 사라지더니 그곳에서 큰 소리로 신음소리를 내며 끙끙거리기 시작했던 것이다. 어찌나 큰 소리로 울던지 그녀의 신음소리에 모두의 이목이 쏠렸다. 꾸쁘치하는 누웠다 일어나기를 반복했다. 늙은 어미 말들은 그녀가 왜 그러는지 알고 있었으나 어린 말들은 불안한 마음에 홀스또메르를 남겨둔 채 헛간으로 달려가 환자 주변을 에워쌌다. 아침 무렵 새끼 망아지 하나가 다리를 휘청거리며 서 있었다. 네스떼르가 마구간 관리 대장을 큰 소리로 불렀다. 두 사람은 새끼 망아지와 어미를 마방으로 데려갔고, 나머지 말들을 밖으로 내몰았다.

## 8

넷째 날 밤

저녁, 문이 닫히고 사방이 조용해지자 얼룩빼기는 계속해서 이야기를 들려주었다.

이 손, 저 손으로 옮겨 다니던 시절 나는 사람과 말에 대해 많은 것들을 관찰할 수 있었다. 두 명의 주인과 그나마 오랫동안 함께 지냈는데, 경비병 장교인 공작과 살았고 이후 니꼴라 야블렌느이에 있는 노파의 집에 머물렀다.

경비병 장교 집에서 나는 내 인생 최고의 시절을 보냈다.

비록 그가 나의 파멸을 초래한 장본인이자 그 무엇도 그 누구도 단 한 번도 사랑할 줄 모르던 사람이었으나, 나는 그래서 그가 좋았고 지금도 좋아한다. 잘생기고, 행복하고, 부유했기에 그 누구도 사랑할 필요가 없었던 점이 나는 좋았다. 그대들도 말들만이 느끼는 이와 같은 고상한 감정을 이해하리라. 그의 냉정함과 무정함이 그에게 의존하는 나의 마음과 결합하면서 그에 대한 나의 사랑이 어떤 특별한 힘을 자아냈다.

"나를 더 채찍질해 줘. 나를 더 몰아 줘."

우리의 호시절, 나는 그래야만 더 행복할 것만 같았다.

마구간 관리 대장은 말 장사꾼에게 나를 800루블에 넘겼고, 장교는 그에게서 나를 샀다. 얼룩빼기 말을 소유한 사람이 주변에 아무도 없었기 때문에 나를 택했다. 내 인생 최고의 시간이었다. 장교에게는 애인이 있었다. 매일 장교를 그녀에게 데려다 주었고 때로는 그들을 함께 태워 다녔기에 잘 안다. 애인도 아름다웠지만 장교도, 그가 데리고 있던 마부도 미남이었다. 그런 연유로 나는 그들 모두를 사랑했다. 나도 살맛이 났다. 내 일상은 이러했다. 아침이면 마부 본인이 아닌 마구간지기가 나를 씻기러 왔다. 농사꾼 출신의 젊은 사내였다. 그는 문을 열고 마방에 가득 찬 콧김을 내보내고 분뇨를 치우고 덕석을 거둔 후 내 몸을 솔질해 주었다. 말솔로 희끗희끗한 몸의 털 뭉치들을 발굽 자국이 찍힌 바닥 위로 털어냈다. 나는 그의 소매를 살짝 깨물거나 발로 톡톡 건드리며 장난을 걸었다. 이후 사람들이 시원한 물이 담긴 큰 나무통으로 말들을 한 마리씩 데려가면, 마구간지기는 자기 수고로 반질반질해진 얼룩 털과 화살처럼 쭉 뻗은 다리, 두터운 발굽과 윤기가 자르르 흐르는 엉덩이, 그리고 누워 잠을 자도 될 만큼 널찍한 나의 등짝을 황홀한 눈으로 바라보았다. 높은 격자무늬 문 너머로 새 짚을 깔아 주었고 참나무로 된 구유에는 귀리를 쏟아 주었다. 그러고 나면 연장자인 마부 페오판이 왔다.

주인과 마부는 서로 닮았다. 두 사람 모두 세상 두려울 것이 없었으며 저 자신을 제외하고는 누구도 사랑하지 않았다. 그리고 모두 이런 이유로 그들을 사랑했다. 페오판은 붉은 셔츠, 면바지 차림에 주름이 잡힌 반코트를 걸치고 다녔다. 기념일이면 가끔씩 반외투에 포마드를 바른 모습으로 마구간에 들러

"이런, 이놈이 심심하구먼!"

하고 소리치며 내 넓적다리를 삼지창 자루로 툭툭, 하지만 결코 아프지 않게, 장난삼아 밀며 쳐댔는데, 나는 이때가 참 좋았다. 그럴 때면 나도 곧장 장난이라는 걸 알아채고는 귀를 가까이 대며 이로 통통 튕기는 소리를 냈다.

우리 마구간에는 쌍두마차를 끄는 가라말이 있었다. 밤마다 나를 그와 함께 짝지어 마차를 끌게 했다. 이름이 뽈깐이었는데, 그는 농담을 잘 구분하지 못했고, 악마가 따로 없을

정도로 성질이 사악했다. 우리는 칸막이를 사이에 두고 나란히 지냈지만 심각하게 물어뜯으며 싸우는 날도 있었다. 페오판은 뽈깐을 두려워하지 않았다. 그는 뽈깐에게 정면으로 다가가 마치 죽일 기세로 소리치다 옆으로 비켜 가면서 굴레를 씌우곤 했다. 한번은 우리가 함께 짝을 이뤄 꾸즈네쯔 길 내리막을 고삐 풀린 망아지처럼 내달린 적이 있었다. 그런데도 주인과 마부 모두 놀라기는커녕 되려 웃어댔다. 다만 비키라고 사람들에게 소리치며 고삐를 잡아당긴 후 방향을 틀어준 덕에 아무도 깔려 죽지는 않았다.

그 집 일을 하며 나는 내 최고의 기량과 반평생이라는 시간을 소진했다. 그곳 주인과 마부들은 나에게 독약을 먹이고 다리도 상하게 했지만 그럼에도 분명 내 인생 최고의 시절이었다. 열두 시가 되면 사람들이 찾아와 썰매에 나를 매고 발굽에 기름칠하고 이마와 목덜미 갈기를 적시고선 수레채로 몰아넣었다.

썰매는 갈대로 엮은 것으로서 비로드가 씌워져 있었고 마구에는 작은 은으로 된 고리가 달려 있었다. 고삐는 명주로 만든 것인데 한동안은 그물 원사로 엮은 것을 쓰기도 했다. 마구는 고삐와 뱃대끈을 얹어 채우고 나면 마구와 말의 경계가 어디인지 분간이 안 되는 형태였다. 마구는 다 풀어놓은 채로 헛간에서 채웠다. 이후 어깨보다 등이 더 굵은 페오판이 나온다. 그는 겨드랑이 바로 아래부터 빨간 가죽띠를 두른 차림으로 마구를 살펴보고는 말에 올라타 앉아 까프딴[05]을 제대로 가다듬고 등자에 발을 넣는다. 언제나 아무 농담이든 하고 난 다음에야 채찍을 늘어뜨리는데, 구령용이라서 그걸로 나를 내리친 적은 거의 없다. 그리고는 "이랴!"라고 말한다. 그러면 난 한 걸음씩 내디디며 문밖으로 나온다. 그땐 오물을 쏟아 비우려고 나온 식모도 문지방에 멈춰 섰으며, 마당에 장작을 실어 나르던 일꾼들도 눈을 휘둥그레 뜨고 지켜봤다. 페오판은 나를 타고 나와 일정 거리를 지나 정지한다. 그러면 하인들도 나오고 다른 마부도 말을 타고 나온다. 그리고 그때부터 이야기도 시작된다. 기다림의 시간이다. 세 시간이나 현관에 마냥 서 있을 때도 있었고, 어느 정도 가다 방향을 틀어 다시 멈춰 서는 때도 있었다.

마침내 집 안에서 떠들썩한 소리가 나더니 백발에 배가 불룩 튀어나온 찌혼이 연미복 차림으로 뛰어나와 말한다.

"대령해!"

당시에는 "앞으로!"라는 어처구니없는 구령이 없었다. 내가 설마 뒤가 아니라 앞으로 가야 한다는 사실을 모를까. 아무튼 페오판은 입술로 쩝 하는 소리를 낸다. 마차가 다가오면 공작이 황급히, 그러나 썰매도, 말도, 그리고 등을 굽힌 채 마

---

05 두루마기 비슷한 러시아의 옛 남자 옷

치 오래 들고 있지 못하겠다는 듯이 팔을 쭉 늘어뜨리고 있는 페오판도 이상할 것 하나 없다는 듯 무심하게 굴며 걸어 나온다. 공작은 군모를 쓰고 흰 털이 섞인 해리모 망토에 옷깃을 세운 모습이다. 그 바람에 눈썹이 짙고 홍조를 띤, 언제든지 드러내고 다녀야 할 잘생긴 얼굴이 가리워졌다. 찰그랑 소리가 나는 군도를 차고 구리로 된 구두 뒤축에 박차[06]를 달고 카펫을 밟으며 서두르는 듯 나오지만 나와 페오판에게 관심을 주진 않는다. 그를 제외한 모두가 우리를 쳐다보며 넋을 놓고 있는데도 말이다. 페오판이 다시 쩝 소리를 내면 나는 고삐에 끼인다. 그리고 우리는 정직하게 느린 걸음으로 천천히 가다 서곤 한다. 나는 곁눈질로 공작을 흘깃 쳐다보며 순혈통의 머리와 가느다란 갈기를 흔들어 보인다. 공작은 기분이 좋을 때면 페오판과 농을 주고받았고, 페오판은 잘생긴 얼굴을 간신히 뒤로 돌리며 응수했다. 그럴 땐 양손을 굳이 내리지 않고 나만 눈치껏 알아차리도록 고삐를 움직이다 갑자기 치고, 치고 또 쳤다. 그러면 나는 점점 더 큰 폭으로 모든 근육을 전율하듯 떨면서 수레 앞바퀴 밑의 진흙 눈밭을 마구 헤치며 달려갔다. 그땐 요즘처럼 어디가 뭐 아프다는 건지, 아니면 무슨 뜻인지도 모를 "오!"라고 어이없이 소리치는 구령도 없었다. 페오

---

[06] 말을 탈때 신는 구두의 뒤축에 달려 있는 물건. 톱니바퀴 모양으로 쇠로 만들어 말의 배를 차서 빨리 달리게 한다.

판이

"저리 비키시게! 조심!"

몇 번 이렇게 소리치면 사람들이 알아서 옆으로 비켰고, 가만히 멈춰 서서 목을 구부정히 내민 채 거세마의 아름다운 자태와 마부와 공작의 잘생긴 얼굴을 쳐다보았다.

나는 질주마(疾走馬)를 추월하기를 좋아했다. 페오판과 나는 멀리서도 시합해볼 만한 상대를 알아보았다. 그러면 우리는 질풍같이 날아가 서서히 거리를 점점 좁혔고, 상대 썰매의 뒷부분에 진흙을 튀길 정도로 따라잡다 거기 타고 있던 사람과 거리가 나란해지면 그 머리 위로 콧김을 내뿜었다. 그리고는 상대의 길마, 멍에를 하나씩 따라잡았고 어느새 상대가 보이지 않을 정도로 저 멀리 앞질러 나가버렸다. 뒤에선 점점 더 멀어지는 상대편의 발굽 소리가 들려올 뿐이다. 하지만 공작과 페오판, 그리고 나 우리 셋은 조용히 아무 말 않고 그저 용무가 있어 제 갈 길을 가는 척했고, 길에서 우연히 마주치는 허접한 말들도 못 알아볼 정도로 문외한인 것처럼 굴었다. 나는 앞지르기를 좋아했다. 그러나 훌륭한 말들을 만나는 것 역시 그 못지않게 좋아했다. 단 한 번의 찰나, 소리, 시선, 그리고 다시 서로를 스쳐지나 고독하게 각자의 길을 향해 달려나가는 것이다.

그때 문이 열렸고, 네스떼르와 바스까의 목소리가 들렸다.

다섯째 날 밤

계절이 변하기 시작했다. 을씨년스러웠고 아침부터 이슬 한 방울 맺히지 않았지만, 공기는 따스해서 모기가 아직 달라붙었다. 마구간에 말 떼를 몰아넣자마자 말들은 얼룩빼기 주변으로 몰려들었다. 홀스또메르는 남은 이야기를 그렇게 끝까지 들려주었다.

나의 행복했던 삶은 그리 길지 않았다. 나는 그러한 삶을 고작 2년 보냈다. 두 번째 해 겨울의 끝자락 무렵, 내게 가장 행복한 사건이 일어났고 연이어 가장 큰 불행이 닥쳤다. 마슬레니차[07] 축제 때였다. 나는 공작을 경마장에 모셔다 드렸다. 경주에는 아뜰라스느이와 브이촉도 참가했다. 공작이 말몰이꾼 자리에서 무슨 일을 했는지 알 순 없지만, 어쨌든 갑자기 나와서는 다짜고짜 페오판에게 나를 몰아 경주로에 들어가라고 지시했다. 그렇게 해서 사람들이 나를 경주로에 데려다 세워 놨고, 그다음 아뜰라스느이를 세워 뒀던 걸로 기억한다. 아뜰라스느이는 멍에 밑에 종을 매단 상태로 달렸고, 난 여

---

07 러시아정교회의 사순절 직전 일주일 동안 열리는 봄맞이 축제

느 때처럼 시내에서 끌고 다니던 썰매를 매달고 달렸다. 반환 지점을 돌면서 나는 아쁠라스느이를 앞질렀다. 환호와 탄성이 나에게 쏟아졌다.

나를 끌고 경기장을 돌아다니자 군중들이 내 뒤를 따랐다. 그중 댓 명은 공작에게 1,000루블을 제안했다. 공작은 하얀 이를 환하게 드러내며 웃기만 했다.

"그럴 순 없소."

공작이 말했다.

"이 말은 그냥 말이 아니라 내 친구요. 그러니 억만금을 준다고 해도 소용없소. 이만 가보겠소이다."

그는 썰매의 바닥 깔개를 펼쳐 깔고 앉았다.

"스또쥔까로 가자."

그곳엔 공작 애인의 집이 있었다. 우리는 부랴부랴 그녀에게 달려갔다. 그날이 우리가 행복했던 날들의 마지막이었다.

그녀의 집에 당도했다. 그는 그녀를 '자기 여자'라고 불렀다. 그러나 '자기 여자'는 이미 다른 남자와 사랑에 빠져 함께 도망친 후였다. 그는 집에 도착해서야 이 사실을 알아챘다. 5시경이었는데도 그는 마구를 풀지도 않은 채 무작정 그녀를 찾아 나섰다. 생전 가도 그러는 법이 없었는데 이날은 나를 채찍질했고 더 빨리 달리라고 채근했다. 난 난생 처음으로 페이스를 놓쳤다. 수치스러운 마음에 다시 제대로 달려보고자 했으나,

별안간 이미 제정신이 아닌 공작의 목소리가 들려왔다.

"전속력으로 달려!"

그리고는 채찍을 후려갈겨 나를 사지(死地)로 몰아넣었고, 그 바람에 난 한 발을 쇠수레 앞부분에 부딪친 채로 달려야만 했다. 우리는 25베르스따를 질주한 끝에 그녀를 따라잡았다. 결국 그를 잘 데려다 주었으나, 그날 밤 난 밤새도록 온몸을 떨었고 아무것도 먹지 못했다. 다음날 아침 내게 물을 주었다. 하지만 그 물을 다 마신 후에도 나는 예전의 나로 영원히 돌아갈 수 없게 되었다. 나는 아팠다. 사람들이 치료랍시고 못살게 굴다가 결국 불구로 만들어 버렸다. 발굽이 떨어져 나가고, 부스럼으로 인해 종처가 생겼으며, 다리가 휘어 꼬부라졌다. 가슴도 펴지질 않았고, 나른한 증상이 나타나더니 매사에 무기력해졌다. 그리하여 결국 나를 말 장사꾼에게 팔아넘겼다. 장사꾼은 내게 당근과 또 정체 모를 무엇인가를 먹여 나의 무기력한 본모습과는 전혀 다른 나로 만들어 나를 모르는 사람들은 깜빡 속아넘어갈 정도였다. 그러나 내겐 기력도, 뛸 마음도 이미 다 소진되어 아무것도 남아 있지 않았다. 괴롭힘은 이게 끝이 아니었다. 말 장사꾼은 사람들이 말을 사러 들를 때면 곧장 내 마방에 들어와 채찍으로 갈겨 아프게 하는 것도 모자라 겁박을 줘서 나를 반쯤 미치도록 몰아갔다. 그리고 나서는 채찍질로 상처 난 부위를 문질러 지운 다음 데리고 나갔다. 한 노파가 장사꾼으로부터 나를 샀다. 노파의 행선지는 항상 니꼴라 야블렌느이였고, 마부를 늘 매질했다. 마부는 내 마방에서 울곤 했다. 그때 비로소 나는 눈물에서 답답한 마음을 녹이는 짠맛이 난다는 것을 알게 되었다. 이후 노파가 세상을 떠났다. 노파의 마름이 나를 시골로 데려가 포목상에 팔아넘겼는데, 여기서는 건초가 아닌 생밀을 과하게 먹이는 바람에 내 건강은 더욱 악화되었다. 다음에 난 농부에게 팔려 갔다. 그 곳에선 밭을 갈았지만 제대로 얻어 먹지를 못한 데다 쟁기의 낫에 다리를 다치는 바람에 다시 골병이 들었다. 이번엔 집시가 나를 샀다. 나를 어지간히도 악랄하게 괴롭히더니 결국 이곳 마름에게 날 팔아버렸다. 그리해서 내가 지금 바로 이곳에 있는 것이다.

모두가 숙연해졌다. 비가 부슬부슬 내리기 시작했다.

9

 이튿날 저녁, 말 떼는 집으로 돌아오다가 손님 한 명과 함께 있던 말 주인과 마주쳤다. 줄디바가 집 근처에 다다르면서 두 사람의 형체를 곁눈질로 보았다. 하나는 밀짚모자를 쓴 주인이었고, 다른 하나는 키가 크고 살집이 있으며 피부가 처진 군인이었다. 줄디바는 그들을 계속 흘겨보았고, 옆으로 몰아가면서 손님 곁을 지나갔다. 다른 어린 말들은 주인과 손님이 아예 작정하고 무리 한가운데로 들어와 무언가를 서로 가리키며 이야기를 나누자 어쩔 줄 몰라 하며 불안해 했다.

 "바로 이 말, 얼룩 반점이 있는 회색 말이 보예이꼬프 씨한테서 산 말이죠."

 주인이 말했다.

 "여기 이 망아지, 다리가 흰 가라말은 어디서 샀소? 좋아 보이는군요."

손님이 말했다. 그들은 말 떼 사이를 분주히 돌아다니다 멈추어 서가며 한필 한필 말들을 꼼꼼히 따졌다. 이번엔 밤색 암말에 대해 언급했다.

"이 말은 승마용인데, 흐레놉스꼬이 순혈종이죠."

주인이 말했다.

그들은 걸어서 모든 말들을 다 살펴볼 수 없었다. 주인이 네스떼르를 불렀고, 노인은 얼룩빼기 옆구리를 신발 뒤축으로 황급히 툭툭 걷어차며 잔달음으로 달려갔다. 얼룩빼기는 한쪽 발이 주저앉아 절뚝거리기는 했지만 어떤 상황에서도, 설령 지구 끝까지 여력이 남는 한 달리라 명할지라도, 불평 한마디 없이 달릴 기색으로 뛰어왔다. 불평은커녕 도리어 달음박질을 할 기세였고, 이미, 그것도 오른발부터 구보(驅步)를 시도하고 있었다.

"러시아에서 이 암말보다 더 좋은 녀석은 찾아볼 수 없다고 호언장담할 수 있죠."

주인이 여러 암말 가운데 한 마리를 가리키며 말했다. 손님도 추켜세워 줬다. 이에 흥이 오른 주인은 굳이 말들 사이로 기어들어가 뛰어다니며 일일이 보여주는가 하면, 각각의 말에 얽힌 사연과 혈통에 관한 이야기를 늘어 놓았다. 손님은 주인의 말에 지겨워하는 기색이 역력했다. 그래도 관심이 있는 척

굴기 위해 억지로 질문을 쥐어짜내는 중이었다.

"그래요, 그래."

손님이 건성으로 대꾸했다.

"저기 좀 보시오."

주인은 손님의 질문에 아랑곳하지 않고 말했다.

"저 다리를 좀 보라고요. 비싸게 들였는데, 그래도 저것이 새끼를 쳐 줘서 벌써 만 두 살배기 망아지가 뛰어다닌다니깐요."

"잘 달립니까?"

손님이 물었다.

그렇게 얼추 모든 말들을 살펴보았기에 더 이상 보여줄 말이 없게 되었다. 그러자 두 사람 모두 할 말이 없어 가만히 있었다.

"자, 이제 그만 안으로 드실까요?"

"그럽시다."

그들은 문 쪽으로 갔다. 말들을 선보이는 것도 끝났으니 집 안으로 들어가 먹고 마시며 담배를 태워도 된다는 생각에 손님은 기뻤고, 얼굴엔 화색이 돌았다. 얼룩빼기 홀스또메르를 타고 앉아 분부를 기다리는 네스떼르 곁을 지나면서 손님은 얼룩빼기의 엉덩짝을 그 크고 두꺼운 손으로 툭 하고 쳤다.

"진짜배기 얼룩말이 여기 있었군!"

그가 말했다.

"나도 이런 말이 있었지. 일전에 내가 말한 적이 있지 않소?"

주인은 자신의 말(馬)이 아닌 다른 말에 대한 이야기가 들리자, 아예 들을 생각도 않고 딴청을 피우다 자기의 말 떼만을 계속 쳐다보았다. 불현듯 허망하고 무력한 노쇠마의 울음소리가 그의 귓가에 들려왔다. 무색해 하며 울음을 삼킬 듯하면서도 멈추질 못하는 얼룩빼기 홀스또메르의 울음소리였다. 그러나 손님도, 주인도 아랑곳하지 않고 집으로 들어가 버렸다. 홀스또메르가 이제는 늙어 축 처져버린 노인이 자신이 사랑했던 옛 주인, 한때는 눈이 부시도록 아름답고 부유했던 세르뿌홉스꼬이 공작임을 알아보았던 것이다.

## 10

 가랑비가 부슬부슬 계속 내렸다. 마구간은 침울한 기운이 돌았으나, 저택 안은 전혀 다른 빛을 띠었다. 주인집의 화려한 응접실에는 호화스러운 다과상이 차려졌다. 주인과 안주인, 그리고 손님이 차를 마시기 위해 한자리에 앉았다.

 사모바르 너머에 앉아 있는 안주인은 이미 배가 제법 불렀고, 뻣뻣하고 꾸부정한 자세를 취하고 있는 데다 살집도 꽤 올라 임신한 티가 확연히 났다. 특히 너그러운 눈매, 신중하게 상대를 쳐다보는 큰 눈빛은 영락없이 임신부의 모습이었다.

 주인은 어디에서도 구경 못 할 물건이라며 10년 묵은 특별한 여송연 갑을 손에 쥐고 손님 앞에서 자랑을 늘어놓을 요량이었다. 주인은 스물 댓쯤 되는 미남으로, 활기가 넘치고 고생이라고는 모르고 자랐으며 머리도 단정하게 빗어 넘긴 모습이었다. 그는 집에서도 품이 넓고 두꺼운 런던제 새 옷을 상하로 갖춰 입고 있었다. 회중시계 줄에는 값비싸고 큼지막한 장식물이 달려 있었다. 셔츠 소매 치레 금단추도 크고 묵직했으며 보석이 박혀 있었다. 턱수염은 나폴레옹 3세가 따로 없었으며, 쥐색의 콧수염 끝은 파리에서나 유행할 법한 방식으로 포마드 기름을 발라 쭉 뻗어 올렸다. 안주인은 크고 오색찬란한 꽃무늬의 실크 드레스 차림이었고 숱이 많은, 비록 자기 머리는 아닐지라도, 아름다운 갈색 머리에는 금으로 된 크고 독특한 장식 핀을 꽂고 있었다. 팔과 손에는 팔찌와 반지를 주렁주렁 차고 있었는데 모두 값비싼 것들이었다. 사모바르는 순은이었고 다기(茶器)는 얇디얇았다. 화려한 연미복 안에 흰색 조끼와 넥타이를 맨 하인은 마치 조각상처럼 문 옆에 서서 주인의 분부를 기다렸다. 가구는 고붓하게 휘어진 모습으로 휘황찬란했다. 벽지는 어두운 색에 꽃무늬가 그려져 있었다. 식탁 주변으로는 애완견 목에 걸려 있는 은방울 소리가 짤랑거렸다. 애완견은 보기 드물 정도로 호리호리한 모습이었는데, 이름은 더 가관이었다. 영어를 못 하는 집주인 내외도 발음하기 힘든 영국식 이름이었으니 말이다. 화분들 사이 한 쪽 구석에는 상감 장식이 있는 그랜드피아노가 한 대 놓여 있었다. 이 모든 풍경에서 새 것, 사치스러움, 그리고 진귀함의 기운이 묻어났다. 물론 죄다 훌륭한 물건들이었으나 과함과 사치스러움의 흔적만 도드라질 뿐 지적 취향은 결여되어 있었다.

집주인은 경마 애호가로 단단한 체격의 다혈질이었다. 그는 세상에서 좀처럼 사라지지 않을 것 같은 종자의 사람이었다. 검은 모피코트를 입고 마차를 끌고 다니며, 여배우들에게 값비싼 꽃다발을 던져 주고, 와인은 최고급 호텔에서 최고 고가, 그것도 최신 브랜드의 것만 마시고, 본인 이름이 걸린 상금을 수여하고, 뭐든 최고급만을 취급하는 부류 중 한 사람이었다.

집주인을 찾아온 니끼따 세르뿌홉스꼬이는 불혹이 넘는 나이에 큰 키, 뚱뚱한 몸, 대머리인 데다 콧수염과 구렛나루를 기른 모습이었다. 분명 미남이었을 얼굴이다. 비록 지금은 육체적으로나 정신적으로나 금전적으로나 폭삭 주저앉은 신세처럼 보이지만 말이다. 그는 감옥살이 신세를 면하기 위해서라도 무조건 일을 해야 할 만큼 큰 빚을 지고 있었다. 그리하여 지금 그는 지방 소재지로 떠나 종마장 관리직으로 있는 상태이다. 그것도 그의 고위급 일가친척들이 겨우 얻어준 자리이다. 그는 군관용 상위 제복에 청색 바지 차림이었다. 상 하복 모두 감히 부자가 아니고서야 만들어 입을 수 없는 것들이었고, 속옷이며 시계며 모두 영국제였다. 장화 또한 손가락 굵기만큼의 두꺼운 밑창이 깔려있을 정도로 어마하게 좋은 물건이었다.

니끼따 세르뿌홉스꼬이는 2백만 루블이나 되는 재산을 탕진하고 나서도 분명 12만 루블의 돈을 가지고 있었다. 이 정도의 돈이면 10년은 더 호화스러운 생활을 하며 신용과 기회를 누릴 수 있는 운신의 폭이 있었던 셈이다. 그러나 어느덧 10년이라는 세월이 흘렀고 흥청망청 쓸 돈도 끝나버리자 니끼따는 궁색하게 살아가야만 했다. 그러자 좀처럼 하지 않던 술을 입에 대면서 술독에 빠져살기 시작했다. 생전 술을 입에 댄 적도 없으니 끊을 일도 없던 그였다. 무엇보다 불안한 시선과 (두 눈이 눈치를 보기 시작했다.) 애매한 말투, 어정쩡한 행동이 그의 몰락을 확연히 드러내 주었다. 한평생 그 누구도, 그 무엇도 두려워하지 않으며 거침없이 살아왔던 그였기에 이러한 불안감이 분명 얼마 전에 그에게 찾아왔다는 것 자체가, 그리하여 이제 극심한 고생으로 인해 본인 성미에 어울리지도 않는 불안감에 시달린다는 것 자체가 충격적이었다. 집주인 내외는 이 점을 눈치채고는 서로만이 알아듣는 눈길을 주고받으며 이 사안의 구체적 논의는 잠자리에 들 때까지만이라도 미뤄두기로 하였다. 그러면서 불쌍한 니끼따를 억지로 참아내며 대접해주기까지 했다. 젊은 집주인의 행복한 모습에 니끼따는 모욕을 당하는 기분이었고, 이제는 돌이킬 수 없는 지나간 시간이 떠올라 뼈아픈 질투심에 사로잡혀야만 했다.

"그래, 담배 한 대 피워도 괜찮겠소, 마리?"

그가 특유의, 그러나 경험이 없다면 좀처럼 포착하기 힘든, 공손하면서도 친근하나 전적으로 존경하지는 않는다는 말투로 부인을 향해 물었다. 대개 세상을 좀 아는 사람들이 아내를 대할 때와는 다른 말투, 즉 정부를 대하는 말투였다. 그녀에게 모욕감을 줄 의도는 없었다. 오히려 지금의 그는 그녀는 물론 그녀의 주인 양반 비위까지 맞추려고 조바심을 내고 있으니 말이다. 물론 본인은 그 어떤 이유로도 이 점을 인정하려 들지 않을 것이다. 아무튼 그는 이미 그러한 여인들과 그와 같은 톤으로 대화하는 데 익숙해져 있었다. 물론 그녀에게 결혼한 여인네에게 대하듯 굴었다면 그녀가 되레 거북해 하며 불쾌한 감정까지 느꼈으리라는 것을 세르뿌홉스꼬이는 잘 알고 있었다. 더군다나 사회적으로 정형화된 공손한 어투는 자기 상대편의 진짜 아내를 위해 참아두어야만 했다. 그는 언제나 그와 같은 부인들에게 공손한 태도로 일관했다. 소위 잡지에서 선전하는 개개인의 인격 존중이니, 결혼의 미말(微末)과 같은 견해(그는 그런 쓰레기 같은 기사를 읽는 법이 없었다.) 따위에 동조해서가 아니라, 비록 몰락한 처지일지라도 상류층이라면 으레 그리 행동하기 때문이다.

그가 담배 한 개비를 집어 들었다. 그러나 집주인은 어설픈 태도로 담배를 한 움큼 쥐어 손님에게 권했다.

"그거 말고. 이거 한번 피워보면 얼마나 좋은 담배인지 알게 될거요."

세르뿌홉스꼬이가 손으로 담배를 밀어냈고, 그의 두 눈에는 간신히 알아볼 수 있을 정도의 모욕감과 수치심이 스쳐 지나갔다.

"고맙소."

그가 담뱃갑을 꺼냈다.

"내 것도 맛보시지요."

눈치 빠른 안주인이 이 사태를 감지하고는 서둘러 그와 말을 섞기 시작했다.

"제가 담배를 무척 좋아해요. 아마 제 주변 사람들 모두가 흡연자가 아니었다면 제가 직접 피웠을 거예요."

그렇게 말하고는 아름답고 선한 미소로 웃었다. 그에 대한 화답으로 세르뿌홉스꼬이도 애매한 웃음을 지어 보였다. 이빨 두 개가 없는 모습이었다.

"아니, 이걸 피우시라니까."

눈치 없는 주인이 계속 권했다.

"다른 담배는 이보다 약하잖소. 프리츠, Brignen Sie noch eine Kasten, dort zwei(거기 두 갑이 있으니 한 갑을 더 가져오게.)"

그가 독일어로 말했다. 그러자 독일인 하인이 또 다른 담배통을 가져왔다.

"취향이 어떠신지? 독한 걸 좋아하시나? 아주 좋은 물건들이지요. 내 모두 드리리다."

그가 굳이 들이밀었다. 자신의 귀한 물건들에 대한 자랑을 늘어놓을 대상이 생긴 게 기쁜 나머지 상대방의 기분 따위는 안중에 없는 것 같았다. 세르뿌홉스꼬이는 마지못해 담배에 불을 붙이고는 앞서 나눴던 이야기를 서둘러 이어 갔다.

"그래서 아뜰라스느이는 얼마에 들여왔소이까?"

그가 물었다.

"비싸게 구했죠. 5천 루블 이상은 줬으니까. 그래도 이미 본전을 뽑았지요. 얼마나 훌륭한 새끼들을 낳았는지 말로 다 못한다니까!"

"잘 달리오?"

세르뿌홉스꼬이가 물었다.

"잘 달리다마다. 수망아지는 얼마 전에 뚤라, 모스끄바, 뻬쩨르부르그에서 보예이꼬프 가(家)의 바로느이와 경주를 해서 상을 세 개나 받았지요. 뜨내기 기수가 네 번이나 페이스를 놓치는 바람에 하마터면 탈락할 뻔했지만."

"풋내기였던 모양이군. 그나저나 네덜란드 혈통이 많은 것 같더군요."

세르뿌홉스꼬이가 말했다.

"그럼 암말들은 어떻소? 내일 보여드리지요. 도브르이냐는

3천 루블에 샀고, 라스꼬바야는 2천 루블이 들었다오."

그러면서 주인은 다시 재산 자랑을 늘어놓기 시작했다. 안주인은 세르뿌홉스꼬이가 불쾌해하면서도 억지로 듣는 척하고 있다는 것을 눈치챘다.

"차를 더 하시겠어요?"

그녀가 물었다.

"난 괜찮아."

주인이 대답하고는 계속해서 말을 이어갔다. 그녀가 자리에서 일어나자 집주인이 그녀를 만류하며 감싸 안고 입을 맞추었다.

세르뿌홉스꼬이가 그들을 바라보며 애써 미소를 지어 보였으나 부자연스러움이 역력했다. 그러나 집주인이 아예 일어나 그녀를 안은 채 창가 커튼 너머로 사라져버리자 그의 표정은 일순간에 변했다. 그는 깊은 한숨을 몰아쉬었고, 그의 처진 얼굴은 절망감으로 일그러져 적대감마저 묻어나는 모습이었다.

# 11

 다시 돌아온 주인은 웃음을 띤 채 세르뿌홉스꼬이 맞은편에 앉았다. 잠시 정적이 흘렀다.
 "그래, 그 말을 보예이꼬프 씨에게서 샀단 말이지요?"
 무심한 척 세르뿌홉스꼬이가 물었다.
 "그렇소. 아뜰라스느이 이야기는 이미 했잖소. 난 사실 두보비츠끼 씨 소유의 암말을 사고 싶었는데. 영 쓸모없는 물건들만 남은 바람에."
 "그 사람은 쫄딱 망했지."
 세르뿌홉스꼬이는 이렇게 말하다 머뭇머뭇하더니 문득 주위를 빙 둘러 보았다. 그 파산한 작자에게 2만 루블을 갚아야 한다는 사실이 불현듯 떠오른 것이다. 사실 말이야 바른말이지 '망했다'는 말은 그 누구도 아닌 정작 본인을 두고 해야 하는 게 아닌가. 그는 침묵했다.

두 사람은 다시 오랫동안 말이 없었다. 주인은 손님한테 늘 어놓을 자랑거리를 궁리했다. 세르뿌홉스꼬이는 본인 스스로 망한 인생이라고 생각하지 않는다는 모습을 어떻게 하면 보여 줄 수 있을지에 대한 생각에 골몰했다. 그러나 두 사람 모두 제아무리 담배로 머리를 식혀가며 굴려보아도 마땅한 생각이 들지 않았다. '그런데 대체 술은 언제 마실 셈이지?' 하고 세르뿌홉스꼬이는 생각했다. 주인은 '술이라도 마셔야지, 이 작자와는 따분해 미칠 지경이군.' 이라고 생각했다.

"그런데 여기에는 얼마나 더 머무를 생각이지요?"

세르뿌홉스꼬이가 말했다.

"한 달은 더 있어야지요. 자, 그럼 저녁을 하는 게 어떻겠습니까? 프리츠, 준비됐나?"

그들은 식당으로 들어갔다. 전등 아래 테이블이 있었고 그 위에는 양초들과 진귀한 물건들, 이를테면 사이펀 병과 코르크 마개 인형, 목이 긴 유리병에 담긴 고급 와인, 유별난 안주들과 보드까가 놓여 있었다. 그들은 실컷 먹고 마시고 또 먹고 마시고 난 다음에서야 대화를 시작했다. 세르뿌홉스꼬이의 얼굴은 홍조를 띠었고 그제야 주눅들지 않으며 거침없이 말을 하기 시작했다.

그들은 여자 이야기를 꺼냈다. 집시를 사귀었다는 둥, 무용

가나 프랑스 여자를 사귀었다는 등의 이야기였다.

"그런데, 마티유를 버린 자가 당신이요?"

주인이 물었다. 마티유는 세르뿌홉스꼬이를 파멸로 이끈 옛날 정부였다.

"내가 아니라 그녀가 나를 찼지. 세상에나, 이보게. 아니 내 인생의 헛짓을 뭘 또 기억하고 그러시나! 이제는 1,000루블만 생겨도, 그리고 사람들 곁에서 이렇게 떠나만 있어도 기쁘기 그지없으니. 모스끄바에서는 못 살아. 아이고, 말해 뭣 하겠소."

주인은 세르뿌홉스꼬이의 말들이 따분했다. 본인의 이야기, 본인 자랑을 하고 싶었던 것이다. 그런데 세르뿌홉스꼬이는 자기 이야기, 자신의 빛나던 과거 이야기를 하고 싶어 했다.

주인은 그에게 와인을 따라주고는 그 누구도 이전에 하지 못했던 방식으로 이제부터 종마장을 운영할 계획이라는 말을 하려고 그의 말이 끝나기만을 기다렸다. 마리가 돈 때문이 아니라 진심으로 자기를 사랑한다는 말도 물론.

"내가 하고 싶은 말은 그러니까 이제 내 종마장을…."

그가 운을 뗐다. 그러나 세르뿌홉스꼬이가 말을 가로챘다.

"나도 사랑을 하던 시절, 인생을 즐기던 시절이 있었소."

"그런데 당신은 승마에 대해 이야기를 하고 싶은가 보군요. 자, 그래서 가진 말 중에 가장 빠른 말이 어떤 거요?"

주인은 자기 종마장에 대한 이야기를 할 기회가 주어지자 신이 나서 말을 하기 시작했으나 그것도 잠시, 세르뿌홉스꼬이가 또다시 끼어들었다.

"그렇군요. 그래요."

그가 말했다.

"그런데 자네 같은 종마 사육사들은 보람을 느끼며 인생을 걸고 말을 키우는 것이 아니라 오로지 허영심을 채우기 위해 기르지. 적어도 나는 그렇진 않았다오. 내가 오늘도 말했듯이 그쪽 말치기가 데리고 있는 얼룩빼기와 똑같은 마차용 말이 내게도 있었소. 맙소사, 정말 대단한 말이었지! 자네는 모를 수밖에. 42년도에 내가 모스끄바에 도착해 말 장사꾼에게 들렀는데 거기서 얼룩빼기 거세마를 본 거요. 길이 잘 들은 말이었지. 단번에 나는 마음에 들었소. 얼마였느냐? 1,000루블을 줬지. 마음에 든 터라 바로 데리고 가 늘 타고 다녔다오. 그런 말은 내 인생에 단 한 번뿐었으니. 당신은 가져 본 적도 없고 앞으로도 못 만날 물건이요. 뜀박질로나 힘으로나 자태로나 아무튼 그 이상의 명마를 난 본 적이 없소. 자네는 아직 어렸을 때이니 알 길이 만무하지만, 혹시 들어본 적이 있을지도 모르지. 모스끄바에서 그 녀석을 모르는 이가 없었으니 말이오."

"아. 들은 적 있소."

마지못해 주인이 말했다.

"그런데 내가 하고 싶은 말은…."

"아, 들어봤다는 거군. 나중에야 다 알게 됐지만 난 그 녀석을 족보도 모른 채 혈통 증명서도 떼지 않고 샀소. 보예이꼬프 씨와 함께 찾아본 바, 알고 보니 그 말은 류베즈느이 1세의 아들, 홀스또메르였소. 홀스트 메랴쯔[08] 할 때 그 홀스또메르 말이오. 얼룩빼기라는 이유로 흐레놉스꼬이 사육장에서 마구간 관리 대장에게 넘겨졌고, 그 자가 그 녀석을 거세해 말 장사꾼에게 팔아버렸지. 이보게, 그런 말은 이제 눈을 씻고 찾아봐도 없다네! 아, 옛날이여! 아, 청춘이여!"

그는 집시의 노래 중 한 소절을 불렀다. 거나하게 취기가 오른 모습이었다.

"아, 정말 좋은 시절이었소. 25살 청춘이었고, 은화로 8만 루블이나 벌 때였지. 흰 머리가 한 가닥도 없을 때였고, 진주처럼 내 이도 멀쩡했다오. 손대는 일마다 성공 가도를 달렸지. 그러나 이제는 다 끝나버렸소."

"글쎄. 아무리 그래도 그때 지금같이 날쌘 말들을 찾아볼 수는 없었을 거요."

주인이 막간을 이용해 끼어들었다.

---

[08] '마포를 재다'라는 뜻의 러시아어이며 '홀스또메르'는 아마포를 재는 사람이라는 뜻이도 함. 그 말의 보폭이 마포를 재기 위해 팔을 양옆으로 벌려 재는 듯이 큼직하다는 맥락에서 붙여진 별명이다.

"내가 처음으로 소유한 말들은 아니 글쎄…"

"당신네 말들이라! 그래도 옛날 말들이 더 잘 달렸지."

"더 잘 달리다니요?"

"더 날렵했다오. 그러고 보니 옛날 생각이 나는군. 한 번은 모스끄바에서 그 녀석을 타고 경마장에 갔었소. 그때 내 말들이 출전한 건 아니었소. 숄레, 마호메뜨 같은 순종 말들을 갖고 있긴 했지만. 그래도 나는 경주마에 별 관심이 없어서 늘 얼룩빼기를 타고 다녔다오. 마부도 몸집이 작고 꽤 훌륭한 사람이라 내가 아끼던 자였소. 지금은 나처럼 고주망태가 되었지만. 어쨌거나 도착해 보니 이런 질문을 하더군. '세르뿌홉스꼬이, 경주마들은 언제 가져볼 텐가?' 그래서 내 이렇게 대답했소. '당신들이 가진 놈들은 관심 없으니 다른 데 가서 알아보시게. 내 마차를 끄는 얼룩빼기가 그대들이 갖고 있는 놈들을 단박에 앞지르고도 남을 테니.', '그럴 리가 없지. 무슨 소리.', '이긴다는 것에 1,000루블을 거네.' 그렇게 내기를 하게 되었고 말이 출발했소. 결국 내 얼룩빼기가 5초 앞지르는 바람에 난 내기에서 1,000루블을 벌었다오. 이건 약과요. 순종 세 필이 이끄는 뜨로이까 마차를 타고 100베르스따를 3시간 만에 주파한 적도 있었다오. 모스끄바 전체에 소문이 다 날 정도였다고."

세르뿌홉스꼬이가 그토록 유창하게, 그토록 쉼 없이 떠들어대는 바람에 주인은 한 마디도 끼어들지 못한 채 침울한 얼굴로 세르뿌홉스꼬이 맞은편에 앉아 본인과 상대 술잔에 술을 채우기만 하며 심심함을 달랠 뿐이었다.

어느새 동이 트기 시작했다. 그런데도 두 사람은 여전히 술자리에 앉아 있었다. 주인은 지루해 죽을 지경이었다. 마침내 그가 자리를 털고 일어났다.

"자야겠소."

"그래. 자야지."

세르뿌홉스꼬이가 비틀거리며 일어서다 큰 소리로 숨을 후 하고 내뱉으며 말하고는 배정된 방으로 갔다.

주인은 애첩 옆에 누웠다.

"이건 아니야. 그 작자는 안 되겠어. 술에 취하니 쉴 새 없이 허풍을 떨어대더군."

"저에게도 엄청 추근거리더라구요."

"돈 달라고 손이나 벌리진 않을까 걱정이오."


세르뿌홉스꼬이는 술에 취해 옷도 벗지 않은 채 침대에 누워 드렁거렸다.

'너무 지껄여댄 것 같아.' 그는 생각했다. '뭐, 어쩔 수 없지. 포도주 하나는 끝내주더군. 그런데 그 몸집만 큰 돼지 같은 인간은 영 꼴 같지 않아서. 어딘지 장사꾼 냄새도 나고. 하긴

뭐, 나도 남의 말 할 처지는 아니지.'

그는 스스로 중얼거리다 헛웃음을 짓기 시작했다.

'옛날엔 내가 다 먹여 살렸는데 이제는 얻어먹어야 하는 신세가 되었구먼. 그래, 빙끌레가 도와줄지 모르지. 저 여자한테 돈을 좀 빌려야겠어. 그 인간한테도 손을 벌려보고. 암, 그래야 하고말고! 그나저나 옷은 벗겠는데 이놈의 장화는 왜 이렇게 안 벗겨지는 거야.'

"이보게, 이봐!"

그의 시중을 담당하는 하인을 소리쳐 불렀지만, 잠자리에 들어간 지 이미 오래된 터였다.

그는 일어나 앉아 겉옷과 조끼를 벗고 간신히 바지를 벗어젖혔다. 그런데 장화는 물렁물렁한 뱃살이 걸리적거려 한참을 애써도 벗을 수가 없었다. 한 짝은 어찌어찌 간신히 벗었으나 다른 한 짝은 제아무리 벗으려고 용을 써 보아도 숨이 차고 진만 다 빠질 뿐이었다. 결국, 그는 한쪽 다리에 장화 목이 걸린 채로 자빠져 코를 골며 곯아떨어졌다. 온 방이 담배, 와인, 추한 노인네의 냄새로 진동을 했다.

## 12

이날 밤, 홀스또메르에게 위안이 되었던 또 하나의 기억을 떠올린다면 그건 바스까와 있었던 일이다. 바스까는 홀스또메르의 등에 모포를 털썩 덮은 후 그 위에 올라타고는 선술집으로 달려갔고, 동이 틀 때까지 술집 문에 홀스또메르를 어느 농부의 말과 나란히 묶어 놓았다. 홀스또메르와 농부의 말은 서로의 몸을 밤새 핥았다. 아침이 되어 무리로 되돌아온 홀스또메르는 이후 내내 몸이 가려웠다.

'이상하게 아픈 것처럼 근지럽군.'

그가 생각했다.

닷새가 지나 마의를 불렀다. 마의는 기쁜 일이라는 듯 말했다.

"옴딱지가 붙어 있네요. 집시들에게 팔아버리지요."

"뭘 그렇게까지? 이제 더 볼 일이 없도록 아예 도살해버려요."

고요하고 화창한 아침이었다. 말 떼는 들판으로 나갔다. 홀스또메르만이 홀로 남았다. 마르고 가무잡잡한 생김새에 진흙탕인지 뭔지 잔뜩 묻어 더러운 까프딴을 입은 낯선 사내 하나가 들어왔다. 가죽을 벗기는 사람이었다. 그는 홀스또메르에게는 눈길 한번 주지 않은 채 얹혀 있는 굴레의 고삐를 다짜고짜 잡아 쥐고는 어디론가 끌고 나갔다. 홀스또메르는 주위를 돌아보지도 않고 여느 때와 같이 다리를 질질 끌며 뒷다리로는 지푸라기를 거렁거렁 감은 채 조용히 따라 나갔다. 문밖으로 나서자 홀스또메르는 우물 쪽으로 몸을 쭉 뻗었다. 그러나 사내가 고삐를 툭툭 잡아당기며 말했다.

"거기 가는 거 아니야."

가죽을 벗기는 사내와 그 뒤를 따르는 바스까가 벽돌로 지은 헛간 너머 저지대에 다다랐고, 너무나도 평범한 이곳이 마치 특별하기라도 한 듯이 멈춰 섰다. 사내는 바스까에게 고삐를 넘겨주고는 까프딴을 벗고 소매를 걷어 올렸다. 그리고는 장화 목에서 칼과 각재를 꺼내 각재에 대고 칼을 갈기 시작했다. 홀스또메르는 심심하고 답답한 기분에 고삐라도 씹을 요량으로 몸을 뻗었으나 멀리 있는 바람에 닿질 않아 한숨을 내쉬고는 눈을 감았다. 그의 입술이 축 늘어졌고 다 삭아 빠진 누런 이가 드러났다. 그는 칼 가는 소리 아래에서 꾸벅꾸벅 졸기 시작했다. 혹 때문에 아파 쭉 내밀고 있는 다리 한쪽에 떨림이 있을 뿐이었다. 그때 갑자기 사람들이 광대 아래쪽을 붙잡고 머리를 들어 올리려는 것이 느껴졌다. 그가 눈을 떴다. 두 마리의 개가 눈앞에 보였다. 한 마리는 사내 쪽을 향해 킁킁거리고 있었고 다른 한 마리는 바로 홀스또메르에게서 무언가를 기대하고 있는 듯 앉아 계속 주시하고 있었다. 홀스또메르는 개들을 쳐다보고는 그를 붙잡고 있는 손에 광대뼈를 비비기 시작했다.

  날 치료해 주려는 게 분명해. 그렇게 하라지, 그는 생각했다.

  바로 그때, 그의 목에 무슨 일이 생기고 말았다는 것을 직감했다. 아파오기 시작해 그는 온몸을 부르르 떨다 쿵쿵 소리를 내며 발을 굴렀다. 그래도 간신히 버텨내고는 무슨 일이 계속 일어날지 잠자코 기다리기 시작했다. 이후 액체 같은 것이 큰 줄기를 이루어 그의 목과 가슴을 타고 흘러내렸다. 그는 양쪽 옆구리에 온 힘을 주며 크게 심호흡을 했다. 그러고 나니 한결 가벼워진 기분이었다. 그의 인생을 짓누르던 무게로부터 홀가분해진 것이다. 그는 눈을 감았고 머리를 서서히 떨구기 시작했다. 그 누구도 머리를 받쳐주지 않았다. 목이 기울다가 다음은 다리에 경련이 일어났고 이내 온몸이 뒤틀려버리기 시작했다. 이상스럽긴 해도 그 정도로 겁이 나지는 않았다. 모든 것이 그토록 생생했다. 그래도 놀란 말은 앞으로, 그리고 언덕배기를 향해 달려 나가려고 했다. 하지만 마음과 달리 그 자리를 박차고 나가려던 다리는 겨우 걸음을 떼는 정도였고 이내 옆으로 기울기 시작했다. 그럼에도 발을 옮겨 디디려다 앞으로 몸이 기울었고, 결국 왼쪽 옆구리로 쓰러지고 말았다. 가죽을 벗기는 사내는 경련이 멈추기를 기다렸고, 가까이 다가오는 개들을 내쫓았다. 이후 홀스또메르의 다리를 잡아 등이 땅에 닿도록 몸을 돌린 뒤 바스까에게 다리를 붙들고 있으라고 한 다음 가죽을 벗기고 내장을 꺼내기 시작했다.

"이 녀석도 진정한 말이었지."

바스까가 말했다.

"살집이 조금만 더 있었으면 가죽이 좋았을 텐데 말이죠."

사내가 말했다.

이날 저녁, 말 떼는 산을 타고 돌아왔다. 언덕의 왼편 끝자락에서 오던 말 떼 앞에 시뻘건 무언가가 아래로 보였다. 그 주변에는 개들이 쉴 새 없이 매달려 돌아치고 있었고, 공중에서는 까마귀들과 솔개들이 날아다녔다. 개 한 마리는 발로 사체(死體)를 고정하고는 으르렁거리며 머리를 흔들면서 걸려드는 대로 살점을 잡아 뜯고 있었다. 밤색 암말은 멈춰 서서 머리와 목을 쭉 뻗어 오랫동안 공기를 들이마셨다. 그렇게 한참을 버티는 통에 가까스로 그녀를 내몰 수 있었다.

노을이 물드는 시간, 초록으로 덮인 오래된 숲의 골짜기 아래 작은 초지에는 머리가 커다란 승냥이들이 신이 나 울부짖고 있었다. 모두 다섯 마리였다. 네 마리는 덩치가 비슷했고 한 마리는 머리가 몸집보다 클 정도로 작았다. 여위고 털빛이 다 바랜 데다 젖꼭지가 땅바닥에 닿을 정도로 축 늘어진 암승냥이가 빵빵한 배를 바닥에 질질 끌며 관목 사이로 빠져나와 새끼들을 마주 보고 앉았다. 새끼들은 어미 맞은편을 반원으로 둘러싸기 시작했다. 어미는 가장 작은 새끼에게 다가가 꼬리를 늘어뜨리고 머리를 아래로 떨구고는 다소 경련이 이는 듯한 몸놀림을 보였다. 날카로운 이빨이 드러나는 아가리를 벌리고 온 힘을 다해 커다란 말고기 한 점을 카악 하고 내뱉었다. 새끼들이 어미에게 마구 달려들었으나 어미는 위협적으로 몸을 옮겨 작은 새끼에게 고기를 모두 주었다. 작은 새끼는 화가 난 듯이 으르렁거리며 말고기를 확 붙잡고는 게걸스럽게 먹어 치우기 시작했다. 어미는 또다시 아까처럼 카악 하고 고기를 뱉어 하나씩 차례로 다섯 새끼들에게 모두 먹인 후 한숨 돌리며 새끼들을 마주 본 채 드러누웠다.

일주일이 지난 벽돌 헛간 주변에는 큰 머리뼈와 두 개의 넓적다리뼈만 나뒹굴고 있었다. 다른 부위는 죄다 뜯겨 없어지고 말았다. 여름이 되자 뼈들을 수거해 갔던 농부가 남아 있는 대퇴골과 머리뼈를 마저 가져가 사용하였다.

　세상을 떠돌며 먹고 마셨던 세르뿌홉스꼬이의 주검은 한참의 시간이 더 흘러서야 땅에 묻혔다. 피부, 살점, 뼈, 어느 것 하나 쓸모있는 게 없었다. 그의 몸뚱이는 살아있는 동안에도 20년째 대단히 처치 곤란한 물건이었고, 주검이 되어 장사를 치르는 일마저 골칫거리에 불과했다. 사람들에게 불필요한 지 이미 오래된 그였고 모두에게 부담스러운 존재였으나, 장의사들은 이제 막 부패하기 시작한 비대한 시체에 좋은 제복을 입히고 좋은 신발을 신겨서 새로 짠 훌륭한 관에 눕혔다. 네 모서리 끝에는 수술도 새로 달았다. 그리고 다시 납관으로 옮겨 담은 후 모스끄바로 운반하였다. 그곳에서 오래전에 묻힌 다른 사람의 뼈를 캐내고 바로 거기에 새 제복을 입고 깨끗한 신발을 신은 채 썩어 문드러지고 구더기가 득실거리는 몸뚱이를 흙으로 덮었다.

## 레프 똘스또이 : 정치세계의 «낯설게하기» 원칙

Л.Н.Толстой: принцип «Остранения» в политике

보리스 프로꾸진[※]

출처 : 프로꾸진(2013), 「레프 똘스또이: 정치세계의 «낯설게하기» 원칙」, 『가치와 의의』(러시아 철학과 사회학 학술저널, 2009년부터 발간)

[※] 프로꾸진 보리스 알렉산드로비치 (1982~) - 정치학 박사, 로모노소프 모스끄바 국립대 정치학부 사회, 정치학과 부교수

레프 니꼴라예비치 똘스또이는 1875년부터 1878년 사이에 삶의 위기를 겪는다. 창작활동에서 정점을 찍고 가정생활에서 지극한 행복을 경험하면서 명예까지 얻었지만, 그 모든 것들이 무의미하게 느껴졌기 때문이다. 어느 가을 아침의 사냥, 소설, 야스나야 뽈랴나에서의 산책, 아이들과 집 등이 모두 시시해졌다. 이러한 실망감은 똘스또이를 자살의 문턱에까지 이르게 했다. "나는 행복했었다. 그런데도 밤마다 혼자 머물던 내 방에서 옷을 벗다 말고 옷장 사이 가름대에 목을 매지 않기 위해 주변의 줄을 모조리 치워버렸다."라고 똘스또이는 『참회록』에서 서술한다.

왜 갑자기 그에게 이러한 허무감이 찾아들었는지 우리로서는 알 길이 없다. 그러나 위기 이후 똘스또이에게 중요한 변화가 생겼으며, 이는 어느 날 갑자기 이루어진 것이 아니었다.

똘스또이는 줄곧 사람들이 어떻게 살아가야 하는지, 그리고 왜 삶이 도덕적 이상에 부합하지 않는 경우가 부지기수인지에 대해 진지하게 고민했고, 그러한 고민을 첫 작품에서부터 드러낸 바 있다. 초기 목가 소설『유년시절』의 주인공인 니꼴렌까 이르떼니예프조차 자기 삶에 '부끄러운' 생각이 문득 들었기에 모든 것을 '평등하게' 나누고 싶은 마음을 먹지 않았는가. 50대의 똘스또이는 진정한 삶의 의미를 깨닫지 못한 채로는 존재 자체가 절대 불가능하다고 여겼다. 도덕적 문제에 대해 끊임없이 고민했던 그의 생각은 그때부터 모호한 느낌에서 도덕적 관념의 세계관으로 바뀌게 되었다.

그의 세계관이란 무엇인가? 그건 인간이 바르게 살지 못하고 있으며, 우리의 사회적 현실도 올바르게 구축되지 않았다는 것이다! 더욱이 부당한 현실의 설계자라 할 수 있는 탐욕스러운 인간들과 권세욕이 강한 인간들, 그리고 비도덕적인 인간들은 이러한 현실만이 유일하다는 식으로 평정하려 들고 있다. 그러나 이는 그리 큰 불행에 속하지도 않는다. 더 끔찍한 일은 많은 사람들이 이 같은 현실에 만족해 한다는 사실인데, 이것은 부당한 현실이 그들의 탐욕, 권세욕, 죄악 등을 규범으로 인정하며 합법화하기 때문이다. 그리하여 모두가 하나같이 동화「벌거벗은 임금님」에서처럼 부당한 현실을 묵인한다. 하지만 똘스또이는 '임금님이 벌거벗었다'는 사실을 외치고자 했다.

똘스또이는 사람들에게 자신의 세계관을 알릴 방법과 사람들로 하여금 자기 생각에 공감하게 할 방법에 대해 고민했다. 그리고 한 가지 예술적 기법을 적용하게 되었다. 이 기법은 똘스또이가 가장 좋아했던 것도 아니고, 그의 창작에서도 획기적인 것이 아니지만, 그의 세계관을 드러내는 데 적합했다. 이 기법 덕분에 똘스또이는 자신의 세계관을 확실하게 전달할 수 있었다고 할 수 있다.

철학에서는 이 기법을 '낯설게하기'(쉬끌롭스끼[01]의 용어)라고 부른다. 이 기법은 전혀 새로운 것이 아니다. 쉬끌롭스끼가 적절한 명칭을 발견했을 뿐이다. 이 용어는 '낯선'이라는 단어에서 비롯된다. 기법의 핵심은 익숙한 대상을 새로운 시선, 즉 아이의 시선으로 바라보는 데 있다. 똘스또이는 어떤 물건을 익숙한 명칭으로 부르지 않고 처음 본 것처럼 묘사하며, 사건 또한 익숙한 일이 아닌 처음 일어난 일처럼 묘사한다.

『전쟁과 평화』에서 수많은 사물과 사건을 묘사하는 데 이 기법이 적용되었다. 가령, 군 전리품 가운데 아름다운 지팡이가 발견되는 장면이 서술된다. 겉모습만으로는 그저 신비롭게

---

01 빅또르 보리소비치 쉬끌롭스끼 (1893~1984) − 러시아 소비에트 작가, 문예학자

만 보일 뿐 이 지팡이가 이로운지 해로운지 알 수가 없다. 그러나 독자는 소설을 읽으면서 이 장면이 프랑스 장군의 지휘봉에 관한 이야기라는 것을 깨닫게 된다. 그리고 이내 배낭에 대장의 지휘봉을 넣어서 다니지 않는 군인은 훌륭한 군인이 아니라는 나폴레옹의 말을 연상하게 된다. 그리고 이 순간 '낯설게하기' 기법이 작용하기 시작한다. 나폴레옹이 군인들로 하여금 죽음을 무릅쓰고 싸우게 하고서, 그 보답으로 아무 쓸모없는 지휘봉을 하사하겠다고 약속했다는 것을 상기시키기 때문이다.

또 다른 예는 안드레이 공작이다. 그는 공명심에 불타오르는 인물로서 영웅이 되고 싶어 하는데, 아우스테를리츠 전투에서 그러한 기회를 맞이한다. 그는 깃발을 들고 군인들을 전투에 끌고 들어가 아르콜 다리에서 나폴레옹의 위업을 재현하고 부상을 당하게 된다. 하지만 어떠랴? 안드레이는 소원대로 영웅이 되었고, 그의 우상인 위대한 나폴레옹도 전투에서 싸운 이들을 향해 찬사를 보낸다. 그러나 이 순간 똘스또이의 '낯설게하기'에 의해 모든 것이 급변한다. 똘스또이가 서술의 각도를 바꾸면서 독자는 하늘을 생전 처음 보는 기분으로 바라보게 된다. 그리고 나폴레옹이 이 하늘 아래 '보잘것없는 하나의 인간'임을 발견하고 만다. 그리고 이내 안드레이 공작의 가치관과 이상이 모두 허상임을 깨닫게 된다.

똘스또이가 '낯설게하기' 방식을 허구적 성물(聖物)이나 가치관에만 투영한 것은 아니다. 그는 『전쟁과 평화』에 연극적 요소를 접목하고, 수많은 여타 사물의 묘사에서도 '낯설게하기' 방식을 사용한다. 사회적 맥락을 배제한 채 대상을 바라보는 시도는 후기 작품들 속 교회 의식과 교리 묘사에까지 적용되었다. 좋은 예가 『부활』의 유명한 성찬식 장면이다. 여기에서 똘스또이는 종교적 관습의 전문적인 용어 대신 일반적 용어를 사용했다. 그리하여 다소 불쾌하고 충격적인 장면이 연출되었는데, 대다수의 독자는 이를 두고 불경스러운 신성 모독이라고 여겼다.

수 세기에 걸쳐 세속화되면서 공식 교회나 믿는 자들에 의해 왜곡된 복음서일지라도 사람이 구원받기 위해서는 거기에 쓰인 태초의 그리스도 이상으로 돌아가야 한다는 똘스또이의 도덕적 교리를 몰랐더라면, 우리 또한 이와 같은 묘사를 신성 모독과 무신론적 독설이라고 여겼을지도 모른다.

이와 같은 주제로 가장 유명한 작품은 『나의 신앙은 어디에 있는가?』(1884)이다. 1882년 검열로 인해 그의 『참회록』이 '잘려 나간' 이후 똘스또이는 합법적 출판을 더 이상 바라지도 않았다[02]. 『나의 신앙은 어디에 있는가?』는 똘스또이의 사비로

---

02 "1882년 이후 검열로 인해 그의 『참회록』이 '잘려나갔다.'" – 똘스또이 『참회록』의 자전적 작품이 1882년 이후 최초로 『러시아의 사유』 제 5월호 저널에 실리기로 하였다. 그러나 교회는 이 작품을 검열한 후, 발행을 단호하게 반대하였다. '잘려나갔다'라는 표현은 마옴표를

뻬쩨르부르그에서 '지하출판물'로 유통되었다.

똘스또이는 이 글에서 복음서 가운데 산상보훈[03]을 가장 좋아한다고 말한다. 그러나 여러 해설서까지 읽어 보아도 '뺨을 내놓아라, 겉옷까지 내놓아라, 적들과 화해하고 사랑을 베풀어라'라는 고귀한 말씀이 똘스또이의 마음에는 와닿지 않았다. 그리하여 고심 끝에 그는 이렇게 말한다.

"그러나 어느 날 나는 이 설교문을 다른 시선으로, 그 어떤 해석도 없이 응시하였고, 비로소 그리스도 말씀의 본질이 대낮처럼 훤히 밝혀졌다. 모든 복음서의 핵심은 마태복음 5장에서 비롯된다. '눈은 눈으로, 이는 이로 갚으라 하였다는 것을 너희가 들었으나 나는 너희에게 이르노니 악한 자를 대적하지 말라.'"

똘스또이의 삶 전체를 송두리째 바꿔놓은 이 깨달음의 근본은 '악한 자를 대적하지 말라'이다. 이 말씀은 은유도, 수사도, 암시도, 암호도 아닌 단순하면서도 곧은 가르침이다. 간단하고 분명하다. 똘스또이는 사람들이 이 말씀을 고통과 고난

---

두고 사용하는데, 실제 저널의 종이 페이지를 가위로 자른 것은 아니기 때문이다. 페이지들은 검열 감독 하에 「러시아의 사유」 5월호 인쇄본에서 삭제되었다.
03 '기독교의 대헌장' 또는 '기독교 윤리의 근본'이라고 불리는 '산상보훈'은 마태복음 5-7장에 수록되어 있는 예수 그리스도의 설교문을 일컫는 말로서, '산상설교', '산상수훈' 등으로 불린다.

에 대한 찬양으로 오해하고 있다고 말한다. 아니다. 그리스도는 우리에게 그 어떤 고통과 고난도 바라지 아니하신다. 그리스도는 그의 가르침을 따르길 원하는 자는 악한 자에 대적하지 말라고 말씀하신다. 그뿐이다.

톨스토이에 따르면 우리는 어려서부터 그리스도의 법이 신성하지만 결코 이행할 필요는 없다고 배워왔다. 더욱이 '폭력적인 방법을 통해 나의 안전을 악으로부터 지켜주는' 국가기관을 존중해야 하는 것은 물론, 악한 자에게 순종하는 일은 굴욕적이고 그에게 대적하는 일이 칭송 받아야 마땅하다고 배운다. 심지어 우리에게 살인을 가르치고, 군대를 '그리스도의 군대'라고 부른다.

톨스토이의 시각에서 볼 때, 우리를 둘러싼 평온, 우리와 가족의 안녕, 우리의 소유물과 같은 모든 것들은 그리스도가 배척한 '눈에는 눈, 이에는 이'라는 법에 기초하여 구축된 것이다.

4세기 중반 콘스탄티누스 1세가 추진한 기독교의 합법화는 결코 산상보훈의 '대승리'로 끝나지 못했다. 플라톤의 표현에 따르면, 바로 그 시기부터 생각이 '물질에 유혹당하기' 시작했다. 세속화된 것이다. 그리고 이와 같은 세속화, 즉 현실 순응주의를 우리는 이미 사도행전과 초기 그리스도교 교부(敎父)의 문헌에서 확인할 수 있다. 머지않아 곧 비잔틴에서는 권력과 종교의 '공생' 원칙이, 서유럽에서는 '두 개의 칼'과 여러 개념의 이론 체계 원칙이 생겨나면서 그리스도의 말씀이 국가적 관점에서 해석되기 시작한다. 정작 그리스도는 그러한 해석에 대한 동기를 부여한 적이 없는데도 말이다. 그리스도는 '내 나라는 이 세상에 속한 것이 아니니라', 그리고 '카이사르의 것은 카이사르에게, 하나님의 것은 하나님에게 바쳐라'라고 말씀하셨다. 즉 사회적 삶과 종교적 삶을 통합하지 않고 이들 삶의 자율성을 강조하신 것이다.

국가에 대한 교회의 태도는 기독교 교리의 최대 난제 가운데 하나이다. 나는 이 문제를 너무나도 어설프게 혹은 지나치게 단정적으로 말하지만, 이 또한 똘스또이의 걱정을 전달하기 위해서일 뿐이다. 여하튼 초기 기독교와 같은 종교는 대개 국가와 양립하는 것이 나쁘다고 보았다. 그러나 4세기부터 사람들은 그리스도의 진리가 '세상이 이로 인해 타 없어지는' 진리가 아니라 군주에 유익할 수도 있는 진리라는 것을 깨달았다. 국가의 이해관계가 있는 곳에는 전쟁과 형벌이 있다. 그리고 교회는 이러한 전쟁과 형벌이 정당하다고 입증해야 하며, 극구 찬양하지는 못할지라도 정당화해야 한다.

키예프 루시에서의 초기 기독교 사례가 전형적이라 할 수 있다. 『원초연대기』는 성 블라지미르 1세와 얽힌 일목요연한 이야기를 담고 있다. 루시에서 기독교를 받아들인 이후 '블라지미르는 신의 공포 속에서 살기 시작했으며, 당시 강탈은 더 심각해졌다.' 그리스 주교가 블라지미르 대공에게 "왜 약탈자들을 벌하지 않는가?"라고 물으니, 그는 그리스도교가 적을 용서하고 사랑하라 명하신 것을 염두에 두며 "죄가 두렵습니다"라고 답했다. 이에 그리스 주교는 "그대는 악한 자들에게는 벌을 주고 선한 자들에게는 자비를 베풀도록 신이 보낸 자일세. 그러니 조사를 한 이후 강탈자들을 벌해야 한다면 이를 행할 의무가 자네에게 있네"라고 응대했다.

부자들이 천국에 갈 수 없다는 그리스도의 가르침에 대해서도 이와 유사한 왜곡 현상이 나타났다. 시간이 흐른 후 그것이 사실이 아니다, 부자들도 천국에 갈 수 있다고들 하며 교회는 면죄부를 거래하기 시작했다. 한편 개신교인들은 부를 그 소유자들의 교리에 대한 충직함을 증명하는 존재로 여겼다. 다시 말해 걸림돌이었던 부가 천국으로 가는 '통행증'이자 '교회의 사회적 위신에 대한 반증'이 된 것이다.

그렇게 현실과의 충돌에서 이상은 왜곡되기 시작하다 이내 정반대의 모습을 띠게 된다. 그리하여 그리스도교 주교들이 지배 계급을 보호할 수 있게 되었다. 모든 기존의 악과 부당함을 정당화하고, 억압받는 계층의 고통은 그들의 영혼을 구원하기 위한 최상의 고귀함임을 인정한다는 식으로 원죄를 해석할 수 있게 된 것이다.

중요한 것은 이 모든 명백한 모순을 드러내지 않을 수 있을 뿐만 아니라, 그리스도의 도덕적 가르침에 대한 본질을 구명하지도 않은 채 구원을 통해 교회 의식을 준수한다고 여길 수 있다는 점이다.

이러한 맥락에서 교회의 사회적 관례와 교부(敎父) 신학에 적용하는 '낯설게하기'는 똘스또이의 의도에 비추어 볼 때 중요하고 건전한 잠재력을 갖는다. 교회의 표상화와 성상학을 깊이 이해하는 사람들에게는 교회에서 행해지는 성찬식의 신비론적 의미가 신성한 의의로 가득하며 이성적이라고 그려진다. 그러나 사원에 처음 발을 디딘 아이들에게 이는 색다르게 보인다. '늙은이들이 금실로 수놓은 '비단 포대'를 입고 있으며, 사람들은 무릎을 대고 서 있다가 이후 널빤지에 입을 맞추는 모습'으로 말이다.

여기에서 '낯설게하기' 원칙이 작동해야 하며, 독자는 교회 의식이 종교의 주된 생각을 가리는 속성을 지녔다는 것을 이해할 수 있을 정도로 성장해야 한다고 똘스또이는 생각한다. 그는 믿는 자들에게 도덕적 행동을 강요하고, 기계적으로 행하는 의식에서 벗어나 믿음의 대상과 그 본질을 고민하도록 만드는 것이다.

알려진 바와 같이 똘스또이에게 그리스도교와 정치에 대한 주제는 서로 견고하게 얽혀 있다. 똘스또이주의의 정치 이상은 구신주의(求神主義)[04]의 귀결이다. 똘스또이의 무정부주의는 '신학자와 교인'들에 의해 왜곡되지 않은 그리스도 계율에 따른 삶을 추구한다.

국가에 대한 똘스또이주의의 무정부주의는 훗날 20세기에 '위대한 거부(拒否)'로 불리게 되는 개념으로서 군 복무 거부, 선거 거부, 합법적 결혼 거부 등과 같이 시스템에 대한 총체적 거부를 의미한다. 거부는 반그리스도적이고 폭력 지향적인 모든 국가 제도에 대한 것이다. 오늘날 이러한 행동은 '시민 저항'이라 일컫는다. 국가 기관에 의해 자행되는 인류에 대한 불법적인 현대판 노예제도에 종지부를 찍을 수 있는 현실적으로 유일한 방법은 국가와 어떤 식으로든 관련을 맺는 일을 거부하는 것이다.

종교 위기와 그리스도교의 재인식 이후 똘스또이의 비판 대상은 그가 판단하건대 국민들을 편 가르고 민족적 혐오감을 양산하는 애국주의, 공식 교회, 그리고 폭력과 사람들의 노예화를 일삼는 국가 제도였다.

그리고 여기에서 그는 다시금 '낯설게하기' 기법을 사용한다. 예를 들어, 똘스또이는 『홀스또메르』에서 말(馬)을 대신하

---

04 구신주의(창신주의): 1905년 혁명 후의 반동시기에 러시아의 부르주아 인텔리 사이에 유포된 반동적인 종교, 철학적 조류

여 이야기를 써 내려간다. 말은 사유 재산이 무엇인지에 대해 다각도로 생각하면서 하나의 답을 찾으려고 시도한다. 그리고 그 순진한 생각은 역설적이게도 논리적인 것으로 드러난다. 즉, 처음 마주하게 되는 재산은 사람들의 삶에 있어 지나치게 무의미한 현상인 것이다. 때문에 홀스또메르는 종족 위계질서상 말들이 적어도 인간보다 더 상위에 존재한다고 지적한다.

똘스또이는 『부활』의 재판 장면도 '낯설게하기' 기법으로 묘사한다. '낯설게하기'는 독자들의 시각을 넓히면서 예술적 효과를 강력하게 지닌다. 그뿐만 아니라 이데올로기적인 시각에서 보았을 때, 그것은 완전히 무정부적이다. '낯설게하기' 기법은 '논쟁의 여지가 없는' 가치를 의심하면서 그것들의 항구성을 검증한다. 그러나 이것 자체가 똘스또이의 주된 목표는 아니다. 똘스또이는 사람들의 인식을 변화시키고자 하였다. 그는 사람들이 본래 '두 눈을 크게 감은 채로' 살아가며, 자기 자신과 정언 명령 사이에 그럴듯한 자기기만이라는 벽을 세운다고 말한다. 그러나 눈에 보이는 대로 살아가는 것이 아니라 의도적으로 살펴보며 살아가야 한다.

문예학자 쉬끌롭스끼는 '낯설게하기'를 전적으로 문학적 기법만으로 기술한다. 그는 '낯설게하기'에서 깊이 있는 의미를 찾으려 하지 않았다. 언어학자들은 텍스트가 어떻게 쓰여 있는지를 두고 판단하는 것이 특징이다. 그들은 그 의미에 대한 탐구를 철학자들의 몫으로 넘긴다. 쉬끌롭스끼는 형식주의자이기도 하였다. 내용에 대한 그의 무관심한 태도는 개념적이라 할 수 있다. 그러므로 '낯설게하기'를 문학적 기법이 아닌 인식의 변화 수단으로서 바라본다면 쉬끌롭스끼의 용어 또한 그 선택이 정확했다고 말하기에는 부족하다. 똘스또이의 맥락에서는 '낯설게하기'가 아닌 '타자화'라고 말하는 것이, 그리고 대상의 낯선 부분을 드러내는 것이 아니라 대상을 다른 측면으로 바라보는 것이라고 말하는 것이 바람직하다. '낯설게하기'와 '타자화'라는 단어들의 어원은 하나다. 그러나 우리가 똘스또이 방법의 철학적 의미를 이해하고자 노력한다면 '타자화'라고 일컫는 것이 더 정확하다.

순수 공간적 의미에서 '멀리 두기'라는 의미도 있다. 대상을 전체적으로 바라보기 위해서는 두어 걸음 떨어져서 봐야 한다. 사건도 마찬가지이다. 사회적 삶의 한가운데 서 있으면 그 가치를 적절하게 판단할 수 없다. 다른 측면의 시선이 인식의 지평을 열어주는 것이다.

순수 공간적 멀리 두기 외에도 '의미적 멀리 두기'라 일컬을 수도 있는 개념이 있다. 어떤 대상이나 사건의 본질적 의미에 도달하기 위해선 사회적으로 고착화된 전통 수사적 '우매화(愚昧化)'로부터 한 발 떨어져야 한다. 모든 사회적 관계와 익숙한 맥락으로부터 순간적으로 자기 자신을 배제한 채로 그

대상을 바라봐야 하는 것이다.

'우매화[05]'에는 두 가지 종류가 존재한다. '위로부터의 우매화', 그리고 '아래로부터의 우매화'가 그것이다. '위로부터의 우매화'는 국가와 유관하다. 가장 좋은 예가 합법적 살인이다. 살인이 나쁘다는 것은 모두가 주지하는 바이다. 그리고 살인은 씻을 수 없는 대죄이다. 그러나 국가는 마음을 요동치는 구호 아래 애국심이라는 명분으로 다른 사람들을 죽이라고 사람들을 내보낸다. 그러면 그곳에서 살인은 거의 도덕적 의무가 되어 버린다.

'아래로부터의 우매화'는 이기주의와 관련된다. 그리고 여기에는 인간의 이기심과 국가적 이기심이 존재한다. 하나의 인간(국가)은 다른 이(국가)를 이용하거나 약탈까지 자행한다. 그리고서 뺏은 자는 뺏긴 자가 자신의 부를 지키기에 부족했으며, 매우 악한 자(국가)일뿐만 아니라 자기 자원을 '절대 악'을 행사하기 위해 활용할지도 모른다고 말하며 자신의 행동을 해명한다. 한마디로 그의 약탈이 도덕적 의무에 가까워지는 것이다. 그리고 이 모든 것의 근거는 '아래로부터의 우매화'이다. 그러고도 인간은 태연하다.

그렇다면 똘스또이가 원하는 바는 무엇인가? 그는 구체적으

---

05 어리석고 사리에 어둡게 만듦

로 무엇을 바랐던가? 그는 4성제(四聖諦)[06]를 깨닫게 하고자 했다. (필자는 불교 용어를 빗대어 사용하도록 하겠다. 빠찌고르스끼[07]를 믿는 관점에서 볼 때, 불교가 인식의 변화를 지향하는 가장 확고한 교리이며, 똘스또이 또한 인식의 변화를 꾀하고자 했을 뿐만 아니라 불교에 관심이 있었기 때문이다.)

4성제란 다음과 같다.

첫 번째는 '우매화'의 존재이다. 사람과 현실 세계 사이에는 '우매화'의 울타리들이 끝없이 놓여 있다. 그래서 불행한 자는 호랑이와 함께 우리에 가둬 놓을지라도, 다른 사람들이 모두 그곳에 당나귀가 있다고 말하고 본인 또한 그렇게 말하는 편이 유리하다면, 그 또한 그곳에 호랑이가 아니라 당나귀가 있다고 말할 것이다.

두 번째는 '우매화'가 사회적 여건과 개인적 이기심에 의해 양산된다는 것이다.

세 번째는 그럼에도 불구하고 세상을 있는 그대로 볼 수 있는 기회가 있다는 사실이다. 이 현실 세계에는 행복한 자가

---

06 제(諦)라는 말은 일반적으로 진실, 진리 등을 뜻하는 단어로, 4성제(四聖諦)란 곧 4가지 성스러운 진리를 뜻한다. 미혹의 세계와 깨달음의 세계와의 인(因), 과(果)를 설명하는 불교의 기본적인 교리로 고(苦), 집(集), 멸(滅), 도(道)의의 4가지 진리를 말하는데, 즉 불교적인 측면에서 바라본 인생과 그 의미이다. 4성제(四聖諦)와 8정도(八正道)는 불교 전체를 아우르는 거대한 인식과 실천의 틀이라고 하겠다.

07 알렉산드르 모이세예비치 빠찌고르스끼 (1929~2009) – 철학자, 동양학자, 어문학자, 작가

될 기회도 있고, 영생을 위해 구원받을 수 있다는 희망도 존재한다. 깨달은 자는 끊임없는 전쟁과 노예와 빈곤을 양산하는 '히드라'[08] 국가에 이바지할 필요가 없을뿐더러, 도덕적 문제를 회피해가며 자기 자신을 기만할 필요도 없기 때문이다.

네 번째는 '명정(明淨)'의 길이 존재한다는 것이다. 이 길에서 가장 유망한 걸음 가운데 하나는 세계를 아이의 눈으로 '멀리 떨어져서' 바라보는 법을 배우는 일이다.

똘스또이는 고귀한 생각과 위대한 능력을 지녔다. 하지만 집단의 인식을 변화시키고자 한 그의 꿈이 실현되었다고 말할 수 있을까? 『부활』 속 유명한 성찬 장면은 극소수에 불과한 사람들에게만 도덕적 감흥을 일으킬 수 있다. 대다수의 사람에게 그 장면은 '고상한 분노와 고전'을 불구덩이로 날려버리고 싶은 욕구만을 일으킬 뿐이다.

"똘스또이의 책을 읽었는가?"

목사가 참회 시간에 묻는다. 참회하러 온 사람은 머리를 끄덕인다.

"9학년 때 읽었습니다."

라고 그는 대답한다.

"회개하거라!"

---

08 그리스 신화에 나오는 아홉 개의 머리를 가진 괴물 뱀

목사가 말한다.

똘스또이는 자신의 설교와 함께 타인(他人)으로 남게 되었다. 대다수가 '우매화'라는 담장을 뚫고 돌진할 능력이 없기 때문이다. 인간은 문화와 지식 체계 속에서 형성되며, 부모님과 학교로부터 교육을 받는다. 인간은 가치관으로 가득 차 있다. 어떻게 이 모든 것들을 온전히 거부할 수 있단 말인가?! 인식의 변화는 익숙해진 모든 사회적 행동 양식을 일말의 망설임도 없이 냉혹하게 거부할 때 일어난다. 허나 그리된다고 해서 우리에게 남는 것은 무엇인가?

예컨대 어떻게 우리가 애국심을 비난할 수 있는가? 그렇게 되면 승전기념일과 우리의 목숨을 위해 몸 바친 영웅들은 어떻게 되는 것인가? 국가 제도는? 국가 제도가 부재하면 무질서의 세계가 펼쳐지지 않는가! 법정 없이 어떻게 살아간단 말인가? 경찰 없이 어떻게? 어떻게 가능하다는 것인가?

매우 공포스럽다.

하긴 제도가 있은들 무엇하랴! 그럴지라도 우리 눈앞에서 무고한 아이를 죽이는 강도를 어떻게 한단 말인가? 철학자 블라지미르 솔로비요프는 똘스또이의 무저항주의를 비난하면서 이러한 예를 들었다. 그저 잠자코 뒷짐 지고 있으란 말인가?! 나머지 뺨을 마저 내주면서?! 살인자에게 선으로 보답하면서?!

본질적으로 무정부주의에 대한 비판적 입장을 대변하는 이와 같은 사변적인 사고방식은 19세기 말부터 20세기 상반기에 걸쳐 국가체제 지지자와 보수주의자들 사이에서 꽤 인기를 끌기 시작했다. 모두가 어린아이의 수호를 의무로 여겼다! 그리하여 이 추상적 아이가 그리스도와 산상보훈의 결정적인 반대론자가 되어버리고 만다…….

그렇지만 우리가 진실을 마주하게 된다면? 어떻게 할 것인가? 필자는 아무 대답도 할 수가 없다.

그러나 똘스또이는 자신의 이상이 세계적으로 인기를 얻는 것을 보면서, 폭력 사용 금지에 대한 보편적 결의를 기대했을 것이다. 그리고 세계 전쟁 이후 만인의 목소리를 대변할 수 있는 민족 연합이 생기고 이후 평화적 기세를 몰아 유엔이 창설되었을 때, 많은 이들은 마침내 이성적 무저항주의 구상이 실현될 수 있다고들 여겼다…….

# 홀스또메르 창작사

История создания «Холстомера»

「레프 똘스또이 22권 전집」해설 중

출처 : 「레프 똘스또이 작품집」 제 22권 중 12권. 모스끄바. 예술문학(1982)
원제 : Комментарий к "Холстомеру" в собрании сочинений Толстого в 22 томах.

작품 구상은 1856년경으로 거슬러 올라간다. 그해 5월 31일 똘스또이는 일기장에 '말(馬) 이야기를 쓰고 싶다'라는 글을 남긴다. 뚜르게네프[01]의 말을 듣고 끄리벤꼬[02]가 기록한 다음의 에피소드도 이 무렵이다.

> 어느 날 여름 저녁, 똘스또이와 시골 농가에서 멀리 떨어지지 않은 방목장을 산책했네. 그곳에서 너무나도 초라하고, 지친 기색이 역력한 늙은 말 한 마리를 보았어……. 우리는 이 불행해 보이는 거세마에게 다가갔지. 똘스또이는 말을 쓰다듬으면서 이 말도 분명 감정과 생각이 있다고 말했지. 나는 그의 말에 일리가 있다고 생각하면서 귀담아 들

---

01 이반 세르게예비치 뚜르게네프(1818~1883) - 작가. 러시아 고전 문학가
02 세르게이 니꼴라예비치 끄리벤꼬 (1847~1906) - 인민주의적 평론가. 「민족 수기」 (1873~1884) 및 「신어(新語)」(1893~1897) 저널 기고자

었네. 똘스또이는 나까지 이 불행한 존재에 몰입하게 했지. 나는 끝내 감정을 주체하지 못하고 이렇게 말했지. "레프 똘스또이 선생, 정말이지, 그대는 전생에 말이었나 봅니다. 말의 내면 상태를 한번 그려보시죠."

『밤의』와 『기수』 등의 희곡을 집필한 작가 미하일 스따호비치[03]는 〈얼룩빼기 거세마에게 일어난 일〉이라는 소설을 구상했다. 하지만 그는 소설을 완성하지 못한 채 1858년에 별세했다. 그의 동생 알렉산드르 스따호비치[04]는 유명한 대형 종마장을 운영하고 있었는데, 그는 형이 남긴 〈얼룩빼기 거세마에게 일어난 일〉의 슈제뜨를 1959년(1860년이라고도 함)에 똘스또이에게 전했다고 회고한다. 똘스또이는 그 슈제뜨에 관심을 가졌고, 결국 1861년에 소설 집필을 시작한다.

1863년 3월 3일 똘스또이는 일기장에 이렇게 쓴다. "거세마 이야기가 써지질 않는다. 부자연스럽다. 허나 달리 쓸 방도도 없다." 그럼에도 불구하고 그해 5월 페뜨[05]에게는 이렇게 통보한다. "지금 나는 거세마 이야기를 쓰고 있는데, 가을 경이면

---

03 미하일 알렉산드로비치 스따호비치(1820~1858) – 작가, 시인, 번역가, 구비문학 수집가
04 알렉산드르 알렉산드로비치 스따호비치(1830~1913) – 궁정 말 관리자, 대형종마사육장 운영가, 회상록의 저자
05 아파나시이 아파나시예비치 페뜨(1820~1892) – 뛰어난 시인, 번역가

출판이 가능할 것으로 봅니다." 이에 페뜨는 "거세마 이야기를 쓰십시오. 선생의 거세마는 분명 전고미문으로 남을 겁니다."라고 농을 섞어 대답했다.

그러나 1863년 『전쟁과 평화』 작업으로 인해 『홀스또메르』 집필은 미뤄지게 되었다. 1885년 남편의 작품집 발행을 준비하던 소피야 안드레예브나[06]로부터 '말 이야기를 살펴보고 수정해 달라'는 부탁을 받고서야 비로소 『홀스또메르』 작업에 손을 대기 시작했다.

2주에 걸쳐 똘스또이는 다시 『홀스또메르』 작업을 진행한다. 홀스또메르의 추억, 세르뿌홉스꼬이의 지인 방문 에피소드 등 후반부 이야기들이 주로 수정되었다. 결말 또한 다시 썼는데 마지막 교정본과 달리 어조가 폭력적이었다.

10월 12일, 똘스또이의 아내 똘스따야는 겨울을 나기 위해 야스나야 뽈랴나에서 모스끄바로 가족과 함께 떠났고, 그곳에서 『홀스또메르』 원고를 출판부에 넘겼다.

마침내 이 소설은 『똘스또이 작품집』(제3부, 모스끄바, 1886)으로 발행되었다.

---

[06] 소피야 안드레예브나 똘스따야 (결혼 전 성은 베르스, 1844~1919) – 레프 똘스또이의 부인

■ 지은이 소개

# Лев Николаевич Толстой
## 레프 니꼴라예비치 똘스또이
(1828. 9. 9 ~ 1910. 11. 20)

레프 니꼴라예비치 똘스또이는 1828년 모스끄바에서 남쪽으로 200km 정도 거리에 있는 야스나야 뽈랴나에서 똘스또이 백작 가문의 넷째 아들로 태어났다. 2살과 9살이 되었을 때 각각 모친과 부친을 여의었고, 이후 큰고모와 후견인의 보살핌 속에 자라났다. 16세가 되던 1844년에 까잔 대학 철학부 동양어과에 입학하였으나 사교계를 출입하며 방탕한 생활을 일삼았고 법학부로 전공을 옮겼으나 곧 중퇴하였다. 23세가 되던 1851년에 입대하여 군복무를 시작하였고 이때 처녀작인 『유년시절』을 쓰기 시작하여 1852년에는 『소년시절』을, 1855년에는 『청년시절』을 썼다. 1856

년에는 크림전쟁에 직접 참전했던 경험을 토대로 쓴 『세바스또뽈 이야기』를 발표하였다. 한편 1861년에 고향인 야스나야 뽈랴나에 농민학교를 세우는 등 농촌 계몽에 지속적인 관심을 기울였다. 34세가 되던 1862년에 소피야 안드레예브나와 결혼하였고, 슬하에 모두 13명의 자녀를 두었다. 이후 『까작 사람들』(1863), 『전쟁과 평화』(1869), 『안나 까레니나』(1877) 등의 주옥같은 작품들을 잇달아 발표하면서 대작가로서의 입지를 굳히게 되었다. 하지만 이후 사상의 전환을 맞이하였고 『교리신학 연구』(1880), 『참회록』(1882)을 발표하는 등 기존의 순수예술에서 점차 벗어나 도덕적인 신념을 강조하고 자신만의 종교를 설파하였는데, 이로 인해 1901년 러시아 정교회로부터 파문을 당하게 되었다. 노년에 접어들어서도 왕성한 집필활동을 통해 『이반 일리이치의 죽음』(1886), 『크로이처 소나타』(1889), 『예술이란 무엇인가』(1897), 『부활』(1899) 등을 계속해서 발표했다. 사유재산을 부정함으로써 생긴 부인 소피야와의 견해 차이를 좁히지 못했던 똘스또이는 끝내 노구의 몸을 이끌고 1910년 홀로 가출하였다가 아스따뽀보 기차역에서 조용히 생을 마감했다.

## 옮긴이 소개

### 한현희

경희대학교 러시아어학과를 졸업하고 한국외국어대학교 통번역대학원에서 석·박사 학위를 받았다. 현재 한국외국어대학교 통번역대학원에서 강의를 하고 있으며, 국제회의 통번역사로 활동하며 정치, 외교, 경제, 금융, 통상, 과학기술, 스포츠, 문화예술 등 다양한 분야에서 통역과 번역 경력을 쌓았다. 「러시아어 호칭어의 한국어 번역 전략에 관한 연구」(2015), 「2000년대 이후 한국 문학의 러시아어 번역 출판 현황에 관한 연구」(2018), 「한노 번역문에 나타난 학생들의 문장 부호 오류 유형 및 교육적 개선 방향」(2017) 등 러시아어 통번역 및 교육에 관한 다수의 논문이 있으며, 역서로는 『어둠의 힘』(2017)이 있다.

# ▪ 레프 똘스또이 연보

| | |
|---|---|
| 1828년 | 똘스또이 백작 집안의 넷째 아들로 뚤라주 야스나야 뽈랴나에서 태어남. 아버지는 퇴역 중령, 어머니는 볼꼰스끼 공작 집안 출신. 형으로 니꼴라이, 세르게이, 드미뜨리가 있었음. |
| 1830년(2세) | 8월 7일, 어머니 마리야 니꼴라예브나, 여동생 마리야를 낳다가 죽음(40세). |
| 1833년(5세) | 맏형 니꼴라이로부터 모든 사람에게 행복을 주는 비밀이 새겨져 있다는 「푸른 지팡이」의 이야기를 들음. 「개미 형제」 놀이에 열중했던 것도 이 무렵임. |
| 1836년(8세) | 뿌쉬낀의 시 「바다에」, 「나폴레옹」을 암송하여 아버지를 감동시킴. |
| 1837년(9세) | 1월, 똘스또이 집안, 모스끄바로 이사. 6월 21일, 아버지 니꼴라이 일리이치가 뚤라의 길거리에서 졸도하여 급사. 고모인 오스뗀-사껜 부인이 남은 아이들의 후견인이 됨. 부인은 이듬해 옵찌나 수도원에 들어감. |
| 1838년(10세) | 할머니 뻴라게야 니꼴라예브나 죽음. |
| 1841년(13세) | 가을에 후견인이던 고모가 죽었으므로 레프는 세 형과 까잔에서 살고 있는 새로운 후견인 고모 뻴라게야 일리이니쉬나 유쉬꼬바에 |

게로 이전.

1844년(16세) 9월 20일, 까잔 대학교 동양어대학 아랍·터어키어과에 입학. 사교계에 출입하며 방탕한 생활을 함.

1845년(17세) 진급시험에 떨어져 법과대학으로 전입.

1847년(19세) 3월, 임질 치료를 위하여 입원. '철학과 실천을 종합한다'는 인생 방침을 세움. 일기를 쓰기 시작. 독서는 루소, 고골, 괴테, 몽테스키외 「법의 정신」과 예까쩨리나 여제의 「훈령」을 비교 연구. 4월 11일, 후견인의 관리 아래 있던 양친의 유산을 형제 네 명, 누이동생 한 명 사이에서 협의 분할. 똘스또이는 야스나야 뽈랴나 외에 네 개 마을을 상속. 4월 12일, 까잔 대학교를 중퇴, 고향인 야스나야 뽈랴나로 돌아가서 진보적인 지주로서 새로운 농업 경영, 농노들의 계몽과 생활 개선에 노력했으나 농노제도의 사회에서 그의 이상은 실현되지 못함. 일기도 이후 3년간 중단. 뒤에 「지주의 아침」 가운데에서 그 시절의 일을 그렸음.

1848년(20세) 10월부터 이듬해 1월까지 모스끄바에서 방탕한 생활.

1849년(21세) 4월, 뻬쩨르부르그 대학교에서 법학사 자격 검정시험을 치러 두 과목 합격했으나 중도 포기하고 귀향. 가을, 농민의 자제를 위한 학교를 개설함.

1850년(22세) 6월 11일, '방탕하게 지낸 3년간'을 반성하기 위해 일기를 다시 쓰기 시작함.

1851년(23세) 3월, 「어제 이야기」 집필. 4월, 맏형 니꼴라이가 있는 까프까즈로

가 병사로서 군대에서 근무.

1852년(24세) 1월, 사관후보생 시험을 쳐 4급 포병 하사관으로 현역 편입. 3월 17일, 단편 『습격』을 쓰기 시작. 5월, 『유년시절』 탈고. 네끄라소프의 추천을 받아 그가 주재하는 잡지 『동시대인』지에 익명으로 9월부터 연재, 작가로서의 첫발을 내딛게 됨. 9월, 중편 『지주의 아침』을 쓰기 시작. 11월, 『소년시절』 집필 시작. 12월, 『습격』 탈고.

1853년(25세) 체첸인 토벌 참가. 전쟁의 부정과 죄악에 대하여 일기에서 비판. 4월, 『까작 사람들』 기고. 9월, 『득점기록원의 수기』 탈고.

1854년(26세) 1월, 소위보로 임명됨. 3월, 다뉴브 파견군에 종군하고, 크림 방면군으로 옮김. 『소년시절』 발표. 『러시아 군인은 어떻게 죽는가』 탈고. 11월, 세바스또뽈 도착.

1855년(27세) 3월, 『청년시절』 쓰기 시작. 단편 『12월의 세바스또뽈』, 『5월의 세바스또뽈』 탈고. 『삼림 벌채』 집필. 11월, 뻬쩨르부르그로 돌아가 뚜르게네프, 네끄라소프, 곤차로프, 오스뜨롭스끼, 페뜨 등 『동시대인』 동인들의 환영을 받음.

1856년(28세) 3월, 셋째 형 드미뜨리 죽음. 퇴역. 『1855년 8월의 세바스또뽈』, 『눈보라』, 『두 경기병』, 『강등병』 탈고. 7월, 발레리야 아르세니예바를 알아 3년 사귀었으나 결혼하지 못함.

1857년(29세) 1월, 『청년시절』 발표. 유럽으로 첫 여행을 떠나 7월에 귀국, 야스나야 뽈랴나에 살며 농사를 지음. 『루체른』 탈고. 『알베르뜨』 기고.

1858년(30세) 농업 경영에 전념. 농부(農婦) 악시냐와의 관계. 『세 죽음』 탈고.

1859년(31세)   러시아문학애호가협회 회원이 됨. 농민의 아이들을 위해 야스나야 뽈랴나에 학교를 세우고 교육. 『결혼의 행복』 집필.

1860년(32세)   3월, 최초의 교육 논문 「아동교육에 관한 메모와 자료」. 7월, 외국의 교육제도를 시찰할 목적으로 서유럽 여행을 떠남. 9월, 맏형 니꼴라이가 결핵으로 죽어 몹시 슬퍼함. 중편 『뽈리꾸쉬까』 쓰기 시작.

1861년(33세)   9개월 남짓 유럽 여러 나라의 교육 시설을 시찰하고 4월에 귀국. 2월 19일 발표된 농노해방령에 대하여 부정적으로 평가. 교육 잡지 『야스나야 뽈랴나』 간행. 5월, 뚜르게네프와의 불화 심화. 이듬해에 걸쳐 농사 조정원으로 활동하나 농민 측에 서 지주들의 반감을 사게 되어 사임.

1862년(34세)   1월, 똘스또이의 교육 사업에 대하여 관헌이 몰래 주변 동향 조사. 5월, 바쉬끼르 초원에서 요양. 「훈육과 교육」 완성. 7월, 부재 중에 가택수색. 「국민교육에 대하여」 완성. 시의(侍醫) 베르스의 둘째 딸 소피야 안드레예브나(당시 18세)와 결혼. 10월, 내무장관, 똘스또이의 교육 잡지의 편향에 대하여 관계 기관에 경고.

1863년(35세)   1월, 『야스나야 뽈랴나』 휴간. 3월, 『뽈리꾸쉬까』 발표. 6월, 맏아들 세르게이 태어남. 9월, 『전쟁과 평화』 기고.

1864년(36세)   8~9월, 『똘스또이 저작집』 제1, 2권 간행됨. 9월, 맏딸 따찌야나 태어남. 사냥하다 말에서 떨어져 오른손을 다쳐 모스끄바에서 수술.

1865년(37세)   『전쟁과 평화』 처음 부분이 『1805년』이란 표제로 《러시아 통보》지에 실림.

| | |
|---|---|
| 1866년(38세) | 5월, 둘째 아들 일리야 태어남. 11월 10일, 『1805년』 제2부 속편을 발표함에 있어서 본제를 『전쟁과 평화』로 결정. |
| 1867년(39세) | 가을, 『전쟁과 평화』의 집필을 위해 보로지노의 옛 싸움터 시찰. 『전쟁과 평화』 전2권으로 출판. |
| 1868년(40세) | 5월, 「전쟁과 평화에 대한 몇 마디 말」을 발표. |
| 1869년(41세) | 『전쟁과 평화』의 에필로그 완결. 3남 레프 탄생. |
| 1871년(43세) | 2월, 둘째 딸 마리야 태어남. 「초등교과서」 제1편 간행. |
| 1872년(44세) | 4남 뾰뜨르 탄생. |
| 1873년(45세) | 3월, 『안나 까레니나』 착수. 7월, 아내와 함께 사마라 지방으로 가 빈민 구제 사업에 힘을 기울임. 「읽고 쓰기 교육 방법에 관하여」를 『모스끄바 신문』에 실음. 11월, 『똘스또이 저작집』 전8권 출판. 전 12권의 「초등교과서」 간행. 4남 죽음. 12월, 과학아카데미 준회원이 됨. |
| 1874년(46세) | 4월, 5남 니꼴라이 탄생. 5월, 「국민교육에 대하여」 집필. 6월, 따찌야나 예르골스까야 죽음. 「새 초등교과서」 편집. |
| 1875년(47세) | 『까프까즈의 포로』, 『신神은 진실을 보나 이내 말하지 않는다』, 『뾰뜨르 1세』 씀. 1월, 『안나 까레니나』, 『러시아 통보』에 연재 시작. 2월, 5남 니꼴라이 죽음. 6월, 「새 초등교과서」 간행. 10월, 딸 조산 사망. 「러시아어 독본」 전4편 출판. |
| 1876년(48세) | 전년에 이어 아동교육에 전념. 12월, 차이꼽스끼와 알게 됨. |

1877년(49세)    4월, 『안나 까레니나』 제8편 단독 출판. 11월, 6남 안드레이 탄생.

1878년(50세)    1월, 『안나 까레니나』 단행 출판. 십이월당 연구를 위해 모스끄바와 뻬쩨르부르그에 감. 4월, 뚜르게네프에게 화해 편지. 5월, 『최초의 기억』을 쓰기 시작. 8월, 뚜르게네프가 야스나야 뽈랴나를 방문. 『참회록』 집필.

1879년(51세)    7월, 야스나야 뽈랴나에 민화 이야기꾼 셰골료녹 방문. 똘스또이는 그의 이야기를 토대로 『사람은 무엇으로 사는가』, 「두 노인」, 「기도」 등 민화를 씀. 10월부터 『고백』, 「교리신학 연구」, 「요약복음서」 등 집필. 11~12월, 가르쉰과 레삔을 알게 됨. 7남 미하일 탄생.

1880년(52세)    2월, 「교리신학 연구」 착수. 3월, 「4복음서의 합일과 번역」 착수. 가르쉰 찾아옴. 6월, 모스끄바 뿌쉬낀 상 제막식 불참. 종교 문제로 페뜨와의 사이 소원.

1881년(53세)    2월, 도스또옙스끼의 부보를 접하고 슬퍼함. 4월, 「요약복음서」 완성. 7월, 『사람은 무엇으로 사는가』 탈고. 9월, 가족과 함께 모스끄바로 이주. 10월, 8남 알렉세이 탄생.

1882년(54세)    모스끄바의 민세 조사에 참가. 논문 「그렇다면 무엇을 할 것인가」 기고. 5월, 『참회록』을 완성하여 『러시아 사상』에 발표. 그러나 발행이 금지됨. 7월, 돌고-하모브니끼에 집을 삼(뒤에 똘스또이 박물관이 됨). 10월, 히브리어를 배워 구약성서를 읽음. 12월, 똘스또이의 종교적 저작을 위험시하는 뽀베도노스쩨프의 검열 강화. 중편 『이반 일리이치의 죽음』 기고.

1883년(55세)  4월, 야스나야 뽈랴나 저택 화재. 5월, 아내에게 재산 관리 맡김. 7월, 파리의 잡지에 똘스또이의 「요약복음서」 실림. 10월, 체르뜨꼬프와 알음알이가 됨. 「나의 신앙은 무엇에 있는가」 집필.

1884년(56세)  1월, 화가 게, 똘스또이 초상화 그림. 「나의 신앙은 무엇에 있는가」 탈고. 당국에 압수당했으나 사고로 나돎. 2월, 공자, 노자 읽음. 3월, 『미치광이의 일기』 기고. 5월, 금연을 실행. 6월, 아내와의 불화로 가출 시도. 3녀 알렉산드라 탄생. 11월, 비류꼬프 찾아와 체르뜨꼬프와 함께 민중을 위한 출판사 '중개인'을 설립하려고 함.

1885년(57세)  1월, 『러시아 사상』지에 「그렇다면 우리는 무엇을 할 것인가」 게재로 발금. 2월, 끼쉬뇨프에서 똘스또이의 사상에 촉발된 최초의 병역거부자 나옴. 헨리 조지의 『진보와 빈곤』을 읽고 깊은 감명을 받아 사유재산을 부정함으로써 아내와 불화 심화. 그 결과로 모든 저작권을 아내에게 양도. 3월 이후 '중개인'을 위한 많은 민화 집필 — 『악마적인 것은 차지지만 신적인 것은 단단하다』, 『두 형제와 황금』, 『소녀들은 노인들보다 지혜롭다』, 『불을 놓아두면 끄지 못한다』, 『사랑이 있는 곳에 신도 있다』, 『촛불』, 『두 노인』, 『바보 이반의 이야기』, 『사람에게는 많은 땅이 필요한가』, 『까프까즈의 포로』 등. 10월, 『고백』, 「요약복음서」, 「나의 신앙은 무엇에 있는가」를 체르뜨꼬프가 영역, 런던에서 출판됨. 11월, 『홀스또메르』 발표. 12월, 아내와의 불화 심화. 아내와 헤어질 결의 굳힘.

1886년(58세)  1월, 8남 알렉세이 죽음. 2월, 꼬롤렌꼬 찾아옴. 3월, 『이반 일리

|  |  |
|---|---|
|  | 이치의 죽음」 탈고. 5월,『최초의 양조자』 발표. 11월,『문명의 열매』 집필. |
| 1887년(59세) | 1월, 동서고금의 성현의 가르침을 모은 「일력」 발행. 수백만 부 팔림. 나중에『지혜의 달력』의 기초가 됨. 희곡『어둠의 힘』 간행. 3월부터 육식 금함. 4월, 로망 롤랑의 첫 편지. 레스꼬프 찾아옴. 9월, 은혼식 올림. 10월,『크로이처 소나타』 기고. 민화 발금 처분 받음. 12월,「인생에 대하여」 탈고. 금주동맹 창립. 이해『빛이 있는 동안에 빛 속을 걸어라』,「국민 독본과 과학책에 관하여」, 민화『빵 한 조각을 보상한 작은 악마의 이야기』,『뉘우친 죄인』,『사람에게는 많은 땅이 필요한가』,『세 은사』,『달걀만한 씨앗』,『일꾼 예멜리안과 빈 북』,『세 아들』 씀. |
| 1888년(60세) | 1월,「고골에 대하여」 착수. 본다레프의『농민의 축제』에 서문을 씀. 꼬롤렌꼬 찾아옴. 2월, 담배를 끊음. 아들 일리야, 결혼식을 올림. 막내아들 바네치까 태어남. 파리에서『어둠의 힘』 상연. 4월, 종무원,『인생에 대하여』 발금.『최초의 양조자』 상연 금지. 5월,「일력」 판금. |
| 1889년(61세) | 3월, 소피야 부인의 불역으로『인생에 대하여』 나옴.『문명의 열매』 집필. 4월,『예술이란 무엇인가』,『크로이처 소나타』 집필. 8월『크로이처 소나타』 탈고. 11월,『악마』 기고. 12월,『크로이처 소나타』의 후기 완성.『꼬니의 이야기』 착수, 뒤에『부활』이 됨. 야스나야 뽈랴나 저택에서『문명의 열매』 상연. |

1890년(62세)   1월, 연극 애호가의 노력으로 『어둠의 힘』 러시아 초연. 베를린에서도 초연. 2월, 『세르기 신부』 기고. 7월, 「신은 너희 안에 있다」 집필. 무저항주의론 집필. 10월, 「양성관계의 고찰」 발표. 『빛이 있는 동안에 빛 속을 걸어라』 영역으로 출판.

1891년(63세)   1월, 「음주 끽연론」 영국에서 초역. 저작권 포기 문제로 아내와 대립. 4월, 아내 소피야가 발행금지되었던 『크로이처 소나타』의 공표 허가를 얻어냄. 『니꼴라이 빨낀』을 제네바에서 출판. 6월, 재산 문제로 처자와 대립, 가출을 생각함. 7월, 81년 이후 저술의 저작권 포기를 똘스또이가 신문에 공표하려고 하자 소피야 부인 철도 자살 기도. 8월, 「첫걸음」 집필. 9월, 중앙과 동남의 21개 주에서 기근이 일어나자 농민 구제를 위해 활약. 81년 이후 작품의 저작권 포기의 편지, 『러시아 통보』지와 『새 시대』지에 공표됨. 10월, 「기근의 보고」 집필.

1892년(64세)   1월, 『모스끄바 통보』지에 똘스또이의 「굶주림에 대하여」가 영역으로 실려 큰 반향을 일으켜 정부가 기근 대책에 나섬. 5월, 「첫걸음」 발표. 7월, 부인과 자식들 사이에 재산 분배로 다툼이 일어남.

1893년(65세)   1월, 『문명의 열매』로 러시아 극작가상 수상, 상금은 구제기금으로 내놓음. 8월, 「종교와 도덕」 집필. 10월, 「그리스도교와 애국심」, 「부끄러워라」, 「태형반대론」, 「노동자 대중에게」, 「헤이그 만국평화회의에 대하여」 씀.

1894년(66세)   1월, 모스끄바 심리학회의 명예회원으로 뽑힘. 헨리 조지의 「당혹

|  |  |
|---|---|
|  | 한 철학자』를 읽고 토지사유제도의 악을 확인. 슬로바키아의 의사 마꼬베쯔끼와 만남. 8월, 『주인과 머슴』 집필. 11월, 「이성과 종교」 탈고. 12월, 「종교와 도덕」 완성. 「신의 고찰」 발표. 처음으로 두호보르 교도와 만남. |
| 1895년(67세) | 2월, 『주인과 머슴』 탈고. 9남 이반 죽음. 5월, 『꼬니의 이야기』 절반 이상 집필. 6월, 두호보르 교도와 친교를 맺고 있었기 때문에 4천여 교도의 병역거부 운동이 일어나자 그 지도자로 지목되어 당국의 탄압 심해짐. 8월, 체홉 찾아와 『부활』 초고 건넴. 농민 체벌에 반대한 논문 「부끄러워라」 발표. |
| 1896년(68세) | 1월, 「애국심인가 평화인가」 탈고. 6월, 병역의무 거부운동을 찬양하는 「종말이 가깝다」를 국외에서 발표. 「그리스도 가르침의 본질은 무엇에 있는가」 집필. 8월, 『하쥐 무라뜨』 착수. 10월, 두호보르 교도에게 원조 자금 보냄. |
| 1897년(69세) | 여전히 가출과 죽음을 바람. 2월, 똘스또이와 관련하여 체르뜨꼬프와 비류꼬프가 관헌의 가택수색을 받음. 이듬해에 걸쳐 『예술이란 무엇인가』 집필. 3월, 병상에 있는 모스끄바의 체홉을 방문. 『하쥐 무라뜨』, 「헨리 조지의 사상」, 「국가와의 관계」 집필. 6월, 시베리아에 유형당하는 두호보르 교도를 모스끄바 이송 감옥으로 찾아감. 8월, 스위스의 신문에 편지를 보내 병역을 거부하는 두호보르 교도의 싸움에 노벨평화상을 줄 것을 제안. 10월, 『예술이란 무엇인가』를 탈고하나 검열 허가의 가망 없음. 11월, 영어판용 서문 |

| | 을 씀. |
|---|---|
| 1898년(70세) | 뚤라와 오룔 두 주의 빈민 구제를 위해 활동. 1월, '중개인'사에서 『예술이란 무엇인가』 출판. 7월, 두호보르 교도의 해외 이주 자금을 얻기 위하여 『부활』의 탈고에 전념. 8월 28일, 똘스또이 탄생 70주년 기념 축하회 열림. 10월, 『부활』을 연재하기로 『니바』지와 협의, 결정. 『세르기 신부』 완성. 「종교와 도덕」, 「똘스또이즘에 관하여」, 「기근인가, 기근이 아닌가」, 「두 전쟁」, 「카르타고를 파괴하지 말라」, 「러시아 통보의 편집자에게 부친다」 등 집필, 탈고. |
| 1899년(71세) | 1월, 체홉의 『귀여운 여인』을 낭독하고 감동. 3월, 『니바』지에 『부활』 연재 시작. 4월, 체홉, 뒤에 릴케 찾아옴. 11월, 『부활』 탈고. 논문 「새로운 노예제도」 기고. |
| 1900년(72세) | 1월, 과학아카데미 문학부문 명예회원에 뽑힘. 고리끼 찾아옴. 5월, 희곡 『산 송장』 착수. 11월, 공자 연구. 『부활』, 세계적 반향 불러일으킴. 「애국심과 정부」, 「죽이지 말라」, 「자기완성의 의의」 씀. |
| 1901년(73세) | 2월, 『하쥐 무라뜨』 집필. 정교회에서 파문. 광범한 대중적 분노 높아짐. 6월, 파문 명령에 대한 「종무원에의 회답」 발금. 빠스떼르낙, 똘스또이를 그림. 9월, 크림반도로 요양 떠남. |
| 1902년(74세) | 1월, 고리끼 찾아옴. 체홉 찾아옴. 전제정치의 폐기, 이주와 교육과 신앙의 자유, 토지사유제의 폐지를 요구한 「니꼴라이 1세에게 부치는 편지」를 보냄. 1월 하순~2월 초순, 폐렴으로 위독 상태에 있으면서 「신앙의 자유」, 「종교란 무엇이며 그 본질은 무엇에 있는 |

가를 구술 필기. 검열국과 출판관리국, 똘스또이의 죽음을 상정하고 보도 규제를 언론에 통고. 뽀베도노스쩨프, 성직자에게 똘스또이가 죽으면 즉시 사람들에게 똘스또이가 죽음 직전에 정교회로 개종했다고 거짓 보고를 하도록 지시. 5월, 꼬롤렌꼬 찾아옴. 6월, 야스나야 뽈랴나로 돌아옴. 7월, 논문「노동 대중에게 줌」탈고. 『하쥐 무라뜨』재검토. 8월, 문학 활동 50주년 기념 축하회 열림. 9월, 『하쥐 무라뜨』일단 끝남. 「성직자에 대한 호소」착수. 11월, 『지옥의 붕괴와 그 부흥』착수.

1903년(75세) 1월, 비류꼬프의 요청으로 『회상』집필. 연초부터 심부전과 심근경색으로 쇠약해짐. 『하쥐 무라뜨』에 대한 니꼴라이 1세의 관계 자료 조사. 8월, 단편 『무도회가 끝난 후』탈고. 7월, 『노동과 병과 죽음』, 『아시리아 왕 아사르하돈』, 『세 가지 의문』착수. 8월 28일, 탄생 75주년 축하회 열림. 9월, 「셰익스피어와 드라마에 대하여」집필. 12월, 『위조지폐』, 『신의 일과 사람의 일』집필.

1904년(76세) 러일전쟁 반대론「반성하라」기고. 7월, 『부활』속편 계획. 8월, 『지혜의 달력』편집에 전념. 형 세르게이 죽음. 11월, 『나는 누구인가』집필. 12월, 마꼬베쯔끼, 주치의로 입주.

1905년(77세) 1월, 체홉 『귀여운 여인』후기 집필. 2월, 『알료샤 고르쑥』, 『꼬르네이 바실리예프』집필. 3월, 『기도』집필. 6월, 『딸기』집필. 5월, 「세계의 종말」집필. 「푸른 지팡이」집필.

1906년(78세) 2월, 『꿈을 꾸었던 일』집필. 8월, 소피야 부인 중병. 「셰익스피어와 드라마에 대하여」를 『러시아의 말』지 제277~282호에 나누어 실음. 4월, 단편 『무엇 때문에』, 『두 길』 집필. 『유년시절의 추억』, 『신의 일과 사람의 일』, 『뾰뜨르 헬치쯔끼』, 「파스칼」 등 발표. 9월, 비류꼬프 편 『대 똘스또이전』 제1권 간행. 노벨상 추천 소식을 듣고 사퇴의 뜻을 전함. 『신부 바실리』, 「자기를 믿어라」 집필. 『신의 일과 사람의 일』 완성.

1907년(79세) 2월, 야스나야 뽈랴나 학교를 부활. 9~10월, 새 『지혜의 달력』에 전념.

1908년(80세) 1월, 에디슨, 축음기 보냄. 6월, 「폭력의 법칙과 사랑의 법칙」 집필 계속. 7월, 사형을 반대하는 「침묵할 수 없다」 국내외에서 발표. 8월, 유언장 작성. 9월, 「어린이를 위한 그리스도의 가르침」 출판. 비류꼬프 『대 똘스또이전』 제2권. 12월, 단편 『살인자들』, 「그리스도교와 사형」 착수. 에디슨의 부탁으로 축음기에 영·불·노어로 성서 녹음. 『세상에 죄인은 없다』 착수. 이해는 똘스또이 탄생 80주년이 되어 연초부터 축전을 조직하는 발기인회가 생겼으나 정부, 종무원, 시 당국이 방해. 그러나 9월에 걸쳐 세계 각국의 단체, 개인으로부터, 심지어는 블라지보스똑 감옥의 죄수들에게서까지 축하 편지, 전보가 도착함.

1909년(81세) 탄생 80주년 기념 똘스또이 박람회, 뻬쩨르부르그에서 열림. 1월, 뚤라의 사제, 교회와 경찰의 뜻을 받고 소피야 부인을 만나 똘스또이가 죽기 전에 참회했다고 민중에게 믿게 하기 위하여 죽음이 임박했을 때에는 빨리 알리도록 약속을 강요. 2월, 대화집 「어린이의 지혜」 착수. 3월, 「의식 혁명의 필요」 착수. 「고골에 대하여」 발표. 4월, 베르쟈예프, 불가꼬프 등의 논집 「도표」에 대하여 신랄히 비판. 5월, 「혁명은 피할 수 없다」 집필 계속. 「사랑에 대하여」 착수. 7월, 「유일한 계율」 집필. 스톡홀름 세계평화회의로부터 초대장 옴. 소피야 부인과의 저작권과 재산관리권 갈등으로 출석하지 못함. 회의에서의 보고 구술. 8월, 스똘르이삔 수상에게 편지를 보내어 폭력과 사형과 사유의 정치를 통렬히 비판. 혁명 선동과 발금본 유포 혐의로 비서 구세프 체포, 추방당함. 9월, 이 문제로 주지사와 내무장관에게 항의. 「무정부주의자가 되지 않을 수 없다」 집필. 간디에게서 인도의 식민지적 노예 상태에 관한 편지 받음. 81년 이후의 저작권은 체르뜨꼬프에게 속한다는 뜻의 유언장 씀. 10월, 『성직자의 수기』 착수. 11월, 유언장 서명. 『마을의 노래』 집필. 그밖에 「고골에 대하여」, 『행인과의 대화』, 『돌』, 『큰곰자리』, 『꿈』 집필.

| | |
|---|---|
| 1910년(82세) | 1월, 문집 『인생의 길』 편집, 완성. 2월, 단편 『호드인까』, 『마을에서의 사흘』 완성. 5월, 세계평화회의에서 초대. 아내, 히스테리를 일으켜 가출. 6월, 『무심결에』 씀. 7월, 숲 속에서 다시 유언장 씀. 8월, 가족 몰래 유언장을 작성한 것을 후회. 모파상의 『고독』을 『지혜의 달력』에서 읽음. 부인, 똘스또이의 장화 속에서 『나 혼자만을 위한 일기』 발견. 부인과 나란히 최후의 사진을 찍음. 꼬롤 |

렌꼬 찾아옴. 10월 4일, 열과 두통, 식욕부진, 불면. 5일, 간장 통증. 7일, 체르뜨꼬프 최후의 방문. 부인, 히스테리 일으킴. 27일, 아내에게 이별의 편지 초고를 쓰고 마꼬베쯔끼와 마지막 승마, 16 킬로. 28일, 오전 4시, 마꼬베쯔끼와 딸 알렉산드라를 깨워 채비를 하고 마꼬베쯔끼를 데리고 가출. 옵찌나 수도원에 머묾. 샤모르지노의 여동생한테서 머묾. 31일, 샤모르지노에서 기차로 남쪽으로 향함. 도중 오한으로 아스따뽀보 역에서 하차. 역장의 숙사에서 누움. 11월, 자녀들 도착. 폐렴 진단. 7일(신력 20일) 오전 6시 5분 영면. 유체는 9일 이른 아침 야스나야 뽈랴나로 운구되어 고별식 뒤 「푸른 지팡이」가 묻혔다는 숲에 묻힘.

레프 똘스또이 중편소설
# 홀스또메르

**초판 인쇄** 2021년 01월 29일
**초판 발행** 2021년 02월 15일

**지은이**  레프 똘스또이
**옮긴이**  한현희

**펴낸이**  김선명
**펴낸곳**  뿌쉬낀하우스
**편집**  박현선, 송사랑, 엄올가
**디자인**  김율하
**주소**  서울시 중구 동호로 15길 8, 리오베빌딩 3층
**전화**  02)2237-9387
**팩스**  02)2238-9388
**이메일**  book@pushkinhouse.co.kr
**홈페이지**  www.pushkinhouse.co.kr
**출판등록**  2004년 3월 1일 제 2004-0004호

ISBN 979-11-7036-047-6 04890

Published by Pushkin House. Printed in Korea
Copyright ⓒ 2021 Pushkin House
　　　　　ⓒ 한현희
저작권법에 의해 보호를 받는 저작물이므로 무단 전재와 무단 복제를 금합니다.

*잘못된 책은 바꿔 드립니다.